ein Ullstein Buch

ein Ullstein Buch
Nr. 20216
im Verlag Ullstein GmbH,
Frankfurt/M – Berlin – Wien

Ungekürzte Ausgabe

Umschlagentwurf:
Hansbernd Lindemann
Umschlagzeichnung:
Sigrid Müller-Kern

Mit Genehmigung der Albert Langen –
Georg Müller Verlags-GmbH
Printed in Germany 1982
Druck und Verarbeitung:
Mohndruck Graphische Betriebe GmbH,
Gütersloh
ISBN 3 548 20216 0

August 1982

Von derselben Autorin
in der Reihe der
Ullstein Bücher:

Geliebtes Scheusal (20039)
Die Zürcher Verlobung (20042)
Ein gewisser Herr Ypsilon (20043)
Eines Knaben Phantasie hat meistens schwarze Knie (20044)
Valentine heißt man nicht (20045)
Italienreise – Liebe inbegriffen (20046)
Danziger Liebesgeschichten (20070)
Was halten Sie vom Mondschein? (20087)
. . . und flogen achtkantig aus dem Paradies (20141)
Auf einmal sind sie keine Kinder mehr (20164)
Der Bastian (20189)

CIP-Kurztitelaufnahme
der Deutschen Bibliothek

Noack, Barbara:
Flöhe hüten ist leichter: heitere Geschichten/
Barbara Noack. Mit Ill. von Peter Schimmel. —
Ungekürzte Ausg. –
Frankfurt/M; Berlin; Wien: Ullstein, 1982.
(Ullstein-Buch; Nr. 20216)
ISBN 3-548-20216-0

NE: GT

Barbara Noack

Flöhe hüten ist leichter

Heitere Geschichten
mit Illustrationen
von Peter Schimmel

ein Ullstein Buch

Inhalt

Für Carola nebenan

Rudi, der Modeberater

Ein Geschäft für Damenoberbekleidung. An seiner Rückseite befinden sich die Umkleidekabinen. In der links außen probiere ich Kleider an.

In der Kabine neben mir langweilt sich ein Kind. »Mama, wie lange dauert das noch – du hast gesagt, nur zwei Minuten, du wolltest bloß mal gucken – jetzt ziehst du schon das fünfte Kleid an, ich will hier raus – Mamaaaa!!!«

Darauf die Mutterstimme: »Quengel nich, Rudi, wir gehn ja gleich.«

Und Rudi: »Ich kenn dein ›gleich‹, das dauert immer ewig, wozu brauchst du überhaupt ein neues Kleid, du hast doch schon drei zu Hause.«

»Die sind aber unmodern.«

»Was is unmodern?«

»Komm, nerv mich nich, Junge, steh lieber auf. Du kannst hier nicht auf dem Boden rumliegen – kann ja keiner treten . . .«

Rudi: »Auaaa!«

Mutter: »Siehste!«

Die Verkäuferin reicht ihr ein neues Kleid in die Kabine. »Wo ist hier vorn und hinten?« höre ich die Mutter fragen. Nach kurzer Gebrauchsanweisung zieht sie es an. Aufschrei: »Na, wahnsinnig! Das ist ja wahnsinnig super! Diese irren Farben!«

»Wie ein Klohn«, sagt Rudi.

»Das heißt nicht Klohn, sondern Clown – wie Klaun, Herrgottnochmal!«

»Frau Heinze sagt aber immer Klohn«, sagt Rudi stur.

Die Verkäuferin, pikiert: »Na, hör mal, Bubi, wie kannst du so was sagen!«

Mutter, entschuldigend: »Clown ist für ihn was Schönes, nicht wahr, Rudi?«

Rudi: »Kaufst du es nun? Können wir dann gehn?«

Seine Mutter kauft es nicht. Es ist zu teuer. Verzagt begibt sich Rudi auf die Wanderschaft. Besucht die Kundinnen in den anderen Kabinen, erschießt sie, pengpengpeng, wird von keiner zum Verweilen aufgefordert. Zieht schließlich meinen Kabinenvorhang mit einem Ruck auf und gibt den allgemeinen Blick auf mich in Unterwäsche frei.

»Mach sofort zu«, zische ich, aber Rudi hört nicht, er starrt voller Entsetzen auf meine bloßen Füße.

»Deine Zehen bluten!«

Ich erschrecke ebenfalls, bis ich begreife: Er meint meine rotlackierten Fußnägel.

Rudi: »Warum machst du das? Damit man den Dreck nich so sieht?«

»Ich *habe* saubere Nägel!!«

»Warum tust du's dann?«

Ja, warum eigentlich? »Weil es viel schöner aussieht.«

»Es sieht aber nich schöner aus«, sagt Rudi.

Jetzt endlich beginnt seine Mutter ihn zu vermissen. Sie steckt den Kopf aus ihrer Kabine: »Komm sofort hierher – stör die Dame nich – entschuldigen Sie bitte – Rudi!!!«

Der hört nicht. Er schurrt in meinen hochhackigen Pumps in den Verkaufsraum hinein: »Achtung! Achtung! Hier kommt eine Dame!«

Rudi produziert sich. Sein Publikum hat nur Mißbilligung für ihn übrig, ihn stört's nicht. Er ist nichts anderes gewöhnt.

Mit einem fahrbaren Ständer voller Blusen rollt er den Mittelgang hinunter, hinein in die Röcke.

Das geht nun wirklich zu weit. *Hat dieses Kind denn keine Mutter*????

Doch. Hat es. Sie kommt gerade, einen Mantel um ihre Blöße schlagend, aus der Kabine gefegt auf der Suche nach ihrem Rudi.

Entnervt zischend, kleine Hand im eisernen Griff, schleift sie ihn hinter sich her.

Rudi schreit prophylaktisch: »Aua!«

Aber seine Mutter tut ihm nichts, sie will keine Szene, nur unsanft mit ihm sein, los, rein in die Kabine, da setz dich hin! Du sollst dich setzen!!! Na, auf den Hocker! Wieso nicht? Dann nimm die Kleider runter – nein! Nicht auf den Boden schmeißen, nun gib sie schon her und halt den Rand, wenn ich noch einen Piep von dir höre ...

Ich habe gerade ein hochmodisches Kleid übergestreift. Zu modisch für mich, finde ich, aber die Verkäuferin sagt, das sind falsche Hemmungen, gnä Frau, Sie müssen mal von Ihrer sportlichen Note runter und was Extravagantes ...

»Es steht Ihnen wahnsinnig gut«, versichert Rudis Mutter, als sie mir meine Pumps wiederbringt, mit denen Rudi auf Tournee gewesen ist. »Sie können so was echt tragen. Bei Ihrem Typ!«

Obgleich noch immer voller Zweifel, bin ich natürlich echt wahnsinnig geschmeichelt: »Meinen Sie wirklich?«

Hinter seiner Mutter taucht Rudi auf und guckt an mir rauf und runter.

»Na, du?« spreche ich ihn an. »Wie gefällt dir mein Kleid?«

Glücklich, daß ihn endlich einer nicht nur als Störenfried ernst nimmt, sagt er: »Du hast ein schönes Nachthemd an.«

»Ist ja gar nicht wahr!« stöhnt die Verkäuferin. »Bitte hören Sie nicht auf den Bengel, gnä Frau. Das Modell kleidet Sie fa-bel-haft!!«

Rudis Mutter beutelt ihren Rudi, versichert, daß ihre Geduld nun am Ende sei, Rudi schreit, *seine* schon lange – darauf sie: »Ich nehm dich nie mehr mit, wenn ich was kaufen geh!« Und er: »Ich will auch ga nich mit, nie mehr!«

Ohne etwas gekauft zu haben, mit schief sitzendem Rock und aufgetrenntem Saum, weil zu hastig beim Anziehen hineingetreten, verläßt die Mutter mit Rudi das Geschäft.

Ich gehe zur Kasse und schreibe einen Scheck aus. Das Kleid behalte ich gleich an. Es ist erstaunlich, wie sich ein neuer Fummel aufs Wohlbefinden auswirkt. Mein abblätterndes Selbstbewußtsein fühlt sich darin wie frisch gestrichen.

Mein Sohn ist bereits aus der Schule zurück, als ich nach Hause komme, und hungrig wie ein Wolf. Ich habe zwar kein Mittag für ihn, aber dafür eine hinreißende Laune.

Beim Mantelausziehen guckt er mich an und fragt: »Neu?«

»Ja. Schick, nicht?« Und drehe mich ein bißchen.

Und er: »Teuer?«

»Es geht. Warum?«

»Sieht aus wie'n Nachthemd«, sagt er.

Es muß wohl an ihren modisch unverbildeten Augen liegen. Rudi und mein Sohn sehen nicht den aktuellen Schick, sie sehen bloß das, was sie wirklich sehen, und das sieht eben wie ein Nachthemd aus.

Meine Enttäuschung tut meinem Sohn leid, und er will gutmachen: »Die Farbe steht dir, Mami. Und das Kleid ist Spitze, wenn es 'ne lange Dünne trägt . . .« Wenn er gutmachen will, macht er alles nur noch schlimmer.

»Du hast ja recht«, sage ich und mache ihm Spiegeleier.

Einzelkind

Zu Ostern in einer Familienpension: Vater, Mutter und elfjähriger Sohn warten darauf, daß es zu gießen aufhört.

Vater liegt auf dem Bett und liest Zeitung. Mutter schreibt Ansichtskarten, auf denen der Himmel blau ist.

Sohn leidet.

»Mir is vielleicht langweilig, Mannohmann, is mir langweilig.«

»Dann beschäftige dich«, sagt die Mutter, »wir tun's ja auch.«

»Was soll ich denn machen? Könnt ihr mir das mal sagen?«

»Lies ein Buch.«

»Hab schon.«

»Dann spiel.«

»Aber was?«

»Irgendwas. Du hast ja genügend da.«

»Spielt ihr mit mir Rommé?«

»Schon wieder? Wir haben doch erst gestern!«

»Oder Stratego?«

»Junge, dein Vater will mal richtig ausspannen. Er hat's nötig.«

»Spielst du dann mit mir, Mutti?«

»Später. Erst muß ich meine Karten ... du mußt auch an Tante Hertha schreiben und dich für das Geschenk bedanken.«

»Jadoch.«

sion
3

»Jadochjadoch. Immer sagst du jadoch.«

»Ich schreib ihr morgen.«

»Geschenke willst du haben, aber bedanken willst du dich nicht.«

»Ich hab gesagt, ich schreib ihr morgen.«

Der Junge leidet aus dem Fenster auf große Kastanienblätter, die ganz tief vor Regen hängen. »Das nennt sich nu Ferien. Freut man sich das ganze Jahr drauf.«

»Haben wir vielleicht das Wetter bestellt?«

»Nein. Sag ich ja gar nicht.«

»Übrigens erholt man sich bei Regen viel besser.«

Der Junge will sich nicht erholen, er will spielen. Und seufzt.

»Sitz nicht so anklagend herum. Macht einen ganz nervös. Andere Kinder beschäftigen sich ja auch!«

»Andere Kinder haben auch Geschwister«, sagt der Junge.

»Na und?«

»Ich hab keine.«

»Machst du uns das vielleicht zum Vorwurf?«

»Ich mein ja bloß.«

»Schau, ich war auch ein Einzelkind und hab mich trotzdem nie gelangweilt«, sagt die Mutter.

»Der Hansi, mein Freund, hat drei Geschwister. Bei denen ist immer was los«, sagt der Junge.

»Wir waren auch drei zu Hause und haben pausenlos gestritten«, erinnert sich der Vater.

»Ihr habt wenigstens jemand zum Streiten gehabt.«

»Junge, du bist undankbar. Du hast doch uns.«

»Ja.«

»Wenn du Geschwister hättest, könnten wir uns diese Reise gar nicht leisten. So fängt's mal an.«

Scheißreise, denkt der Junge.

»Außerdem müßtest du alles, was du jetzt allein besitzt, mit ihnen teilen.«

»Freunde sind viel angenehmer als Geschwister«, sagt der Vater. »Freunde kann man sich wenigstens aussuchen. Geschwister nicht.«

»Hier hab ich keinen Freund.«

»Du wirst schon noch einen finden.«

»Und warum hab ich keine Geschwister?«

»Du kannst einem wirklich den Nerv töten.«

»Und warum hab ich keine?«

Die Eltern sehen sich an. »Ja, weil – na ja, als du geboren wurdest, ging's uns finanziell ziemlich mies. Dazu die unsicheren Zeiten ... Da haben wir uns gesagt, eins kriegen wir immer durch, aber mehr?«

»Hansis Eltern waren auch noch nie reich, und ihre Zeiten sind auch nicht sicherer als eure. Trotzdem haben sie vier Kinder.«

»Das sind doch Traumtänzer«, sagt der Vater. »Vier Kinder in heutiger Zeit! Kriegst ja nicht mal 'ne Wohnung, wenn du mit denen umziehen willst. Vier Kinder! Wer tut sich denn das heute noch an! Opfert man ihnen seine schönsten Jahre, schuftet sich ihretwegen ab – und was ist der Dank? Sie kommen einem frech.«

»Aber Weihnachten ...« sagt der Junge.

»Wieso Weihnachten? Wie kommst du denn jetzt auf Weihnachten, sei froh, daß wir noch Ostern haben!«

»Weihnachten ist vielleicht was los bei Hansis«, sagt der Junge. »Da laden sie immer noch ein paar Kinder ein, die keine Eltern haben. Dann ist ihre Bude richtig voll und ein irre schöner Krach. Sagt Hansi.«

»Bei uns ist es Weihnachten doch auch schön oder nicht?«

»Ja, sehr, aber . . .«

»Aber was?«

»Wir sind dann bloß immer wir drei.«

»Ist Arbeit genug für deine Mutter.«

»Ja, natürlich.«

»Weißt du«, sagt die Mutter, »man wünscht sich im Leben immer das, was man nicht hat.«

»Kann sein.«

»Was glaubst du, wie gern der Hansi manchmal ein Einzelkind wäre.«

Der Junge überlegt einen Augenblick. »Glaub ich nicht«, sagt er dann. »Ich glaub, der wünscht sich höchstens manchmal ein Einzel*zimmer.*«

Was sind das überhaupt für Gespräche! Wenn bloß bald der Regen aufhörte!

Beifahrer

Betrachtungen eines mitfahrenden Sohnes

Nie kommen wir rechtzeitig fort, weil meine Mutter ihre Autoschlüssel nicht finden kann. Dabei hat sie sie eben noch gehabt, sagt sie. Und ich sage: »Dein halbes Leben verbringst du mit dem Suchen nach Schlüsseln!« Sie widerspricht mir lebhaft: »Das stimmt nicht. Mein halbes Leben verbringe ich mit dem Suchen nach meinen Schlüsseln *und* meinen Brillen!«

Sie schnallt sich bereits in der Garage an, aber ihr Gurt ist meistens verheddert und rutscht von der Schulter. Sicherheit geht ihr über alles!

Wenn Ihnen mittags ein Auto mit angeschalteten Scheinwerfern begegnet, können Sie sicher sein: Das ist meine Mutter, die frühmorgens durch einen Tunnel fuhr, ohne mich auf dem Beifahrersitz.

»Ich versteh das nicht, Junge«, erzählt sie mir später. »Die Fußgänger haben mir pausenlos Zeichen gemacht, entgegenkommende Autos haben mich angeblinkt – ich war ganz irritiert. Hatte ich meine Tür nicht richtig zu? Hatte ich einen Platten? Aber nein, alles war in Ordnung. Es hat auch nicht brenzlig gerochen. Was wollten die Typen denn bloß von mir –?!«

Bis meine Mutter sämtliche Knöpfe und Hebel in ihrem Auto beherrscht, ist ihre Karre bereits durchgerostet. Aber mir erlaubt sie nicht, an irgendwas zu drehen. Die Fummelei mache sie ganz nervös, schreit sie. Und ob ich im Radio nicht mal einen einzigen Sender lassen könnte!?

Am vertrauensvollsten steigt unsere Hündin bei ihr ein. Lehnt im Fond und gähnt blasiert aus dem Fenster, während wir mit abgesoffenem Motor am Berg hängen, eine mordlustige Autoschlange hinter uns.

Wo andere Wagen zehnmal vergebens um den Block schleichen, findet meine Mutter auf Anhieb eine Parklücke. Sie hat nur meistens nichts von ihr, denn sie kann nicht einparken. Weil sie nicht optisch abmessen kann, entschuldigt sie sich, und außerdem wär' ihr ganz schwindlig.

Vielleicht liegt es daran, daß sie ihre Lesebrille aufhat.

Auf der Autobahn fährt sie zügig, geradezu sportlich, solange es hell ist. Nach Einbruch der Dunkelheit kann sie jede lahme Ente überholen, weil sie nachtblind ist wie ein Huhn. Das beste wäre, es ging einer mit einer Laterne vor ihrem Kühler her.

Ach, wär' ich doch schon achtzehn!!!!

Betrachtungen einer mitfahrenden Mutter

Zum ersten Mal sitzt mein Junge am Steuer und ich auf dem Beifahrersitz. Äußerlich gelassen, bin ich innerlich ins Polster verkrallt, bremse mit den Hacken. Ziehe nur manchmal Luft durch Zähne.

»Ist was?« fragt mein Sohn.

»Du fährst so rechts!«

»Stell dir vor, das war das erste, was wir in der Fahrstunde gelernt haben«, sagt er.

»Na schön, aber sooo rechts? Wir streifen gleich die Chausseebäume.«

»Du kannst wirklich nicht abmessen«, sagt er. Nun wird er kühn. Greenhorn, ich muß dich warnen: »Fahr vorsichtig. Selbst wenn du den Wagen technisch beherrschst, dir fehlt die Praxis. Du mußt auch mit den Fehlern der anderen rechnen, und bitte, bitte, rase nicht –!! Ich hab dich neulich durch die Hauptstraße fegen sehen –!«

Er, verwundert: »Seit wann erkennst du dein Auto?«

Solange ich den Wagen allein fuhr, genügte mir ein Radio mit Wackelkontakt. Nicht so meinem neuen Teilhaber. Er hat mir nach und nach eine Stereoanlage aufgeschwatzt mit Kassettenrecorder, 8 Lautsprechern, 120-Watt-Verstärker und einem Equalizer. (Weiß der Teufel, was das ist.) Um einen schrecklichen Mangel zu beheben, hat er auch noch eine Echomaschine eingebaut. Der Kölner Dom ist nun wirklich ein Schmarrn gegen unser Auto, was die Akustik anbelangt. Leider vermag ich den ganzen technischen Schnickschnack nicht zu bedienen.

Ach, wie oft denke ich an mein altes Radio mit Wackelkontakt zurück. Ein Hieb dagegen und schon funktionierte es.

Wir haben ein Einschreiben von der Polizei gekriegt. Unser Pkw wurde am 23.4. um 19 Uhr 37 auf dem Ring geblitzt, und zwar mit 110 Sachen, wo nur 60 km zugelassen sind, na Mahlzeit, mein Sohn! Ich hab mir schon so was gedacht. Solange ich neben ihm im Wagen sitze, fährt er vorbildlich. Kaum steige ich aus, drückt er auf die Tube – will wahrscheinlich Mädchen imponieren –, zeigen, was er für ein Superfahrer ist. Dabei gehört wirklich kein Mut dazu, den Gashebel durchzudrücken, alles purer Leichtsinn aus Angabe: 110 km, wo nur 60 km zugelassen sind!

Das hagelt Strafpunkte und eine saftige Buße. Aber die soll er selber zahlen. Von mir keinen Floh. Ich habe ihn genug gewarnt. Vielleicht noch was getrunken, o Gott, wozu setzt man Kinder in die Welt! Nichts wie Aufregungen! Da redet man sich den Mund fußlig – warnt und warnt –, aber er schaltet die Ohren auf Durchzug. Nun hat er den Salat. Nun soll er ihn auch selbst ausbügeln. Ist ja alt genug!

Endlich kommt er aus der Schule. Ich schmeiße mit Vorwürfen nach ihm, während er das Einschreiben vom Polizeipräsidium liest und nachzurechnen beginnt. Und erleichtert feststellt: »Am 23.4. war ich mit der Klasse in London.« Dreistufig rennt er zu seinem Zimmer herauf und kommt mit seinem Notizkalender wieder: Er war wirklich in London. Wir schauen uns gezielt an. Na, nun sag schon, was du denkst! Laß deine Schadenfreude aus, dein Ätsch!! –

Aber nichts, auch wenn er sich inwendig vor Feixen biegt. Kein Vorwurf. Keine süße Rache. Nur seine stille Gaudi darüber, daß seine vorbildliche Mutter am 23.4. mit 110 Sachen . . .

Was für ein vornehmer Charakter!

P. S. So vornehm nun wieder auch nicht, denn sonst hätte er seinen Freunden nicht erzählt, daß ich zur Verkehrserziehung vorgeladen bin. Nun feixen auch sie immer so herzlich, wenn sie mich sehen. Was bin ich doch für ein feines Vorbild! Kein Hund nimmt mich mehr ernst, wenn ich Moral predige ...

Noch ein P. S. Ich habe meinen Sohn vorhin nach seiner ersten bewußten Erinnerung gefragt. Er sagte: Ich sitze in meinem Kinderwagen – so'nem kleinen, offenen – du schiebst mich – plötzlich fahren wir ganz schnell – das ist schön – dann kippe ich um. Um mich sind Blumen. Kann das gewesen sein, oder habe ich es geträumt?

Es war so, Junge. Ich fand es langweilig, deinen Kinderwagen durch den Stadtpark zu schieben. Da hab ich eben Vollgas gegeben – auch in der Kurve. Du kreischtest vor Vergnügen. Dann landeten wir alle beide im Tulpenbeet.

(Seine erste bewußte Erinnerung!!)

Nach welcher Methode erziehen Sie Ihr Kind?

Endlich habe ich meine überquellenden Bücherregale von allem Überflüssigen befreit. Wozu brauche ich 27 Kochbücher? Bin ich Gastronom?

Und wozu hebe ich noch immer die diplom-psychologischen Werke über Kindererziehung auf? Philip ist inzwischen achtzehn.

Ihr Kauf wurde damals von meinen Freundinnen angeregt, die psychotherapeutisch geschult an ihren Nachwuchs herangingen. Jede Grimasse des Säuglings wurde bereits auf ihre Ursache hin durchforscht. Kein psychologischer Test, den sie nicht an ihren heranwachsenden Kindern ausprobiert hätten und bei ihren Besuchen auch an meinem sehr mißtrauischen Philip. Was dabei herauskam, war ziemlich vernichtend.

Selbst seine Strichmänneken nahmen sie unter die Lupe: »Weißt du, weshalb dein Sohn alle Männchen braun malt?«

»Vielleicht mag er Neger.«

»Das hat gar nichts damit zu tun. Braun ist die Farbe für sinnliche Triebkraft«, wurde ich von einer Freundin belehrt, während die andere einen Farbtest anführte, wonach die Vorliebe für Braun auf Faulheit schließen läßt.

»Ist dir aufgefallen, daß Philip die Sonne immer links oben ins Bild malt statt rechts?«

»Na und? Darf er das nicht?«

»Linke Sonnen sind der Ausdruck für innere Gehemmtheit.«

Wenn das stimmte, dann mußte Philip die Sonnenseiten genauso vertauscht haben wie der Installateur die Hähne an unserer Dusche. Aus dem kalten kam heißes und aus dem heißen kaltes Wasser.

Gerade sein totaler Mangel an Hemmungen gestaltete den Umgang mit ihm so kompliziert. »Nach welcher Methode erziehst du ihn?« fragte eine Freundin. Du lieber Himmel – Methode! Wie sollten wir einen kleinen Teufel überhaupt in einem hellhörigen Haus über dem Haupt der Vermieterin erziehen? All unsere, seinem starken Eigenwillen zuwiderhandelnden pädagogischen Maßnahmen brachen im Nu zusammen, sobald er schrie. Philip schrie, sobald wir ihm einen Wunsch verweigerten oder Ansprüche an ihn stellten, die ihm mißfielen. Er schrie, weil er wußte, daß wir Erwachsenen dann zähneknirschend spurten, aus Angst vor einer neuen Kündigungsandrohung.

In jener Zeit trieb mich die Not in eine Buchhandlung, ich erstand gleich drei wissenschaftliche Werke über moderne Kinderbewältigung, aber in keinem stand, wie man einen tonstarken Rebellen in einem hellhörigen Haus über dem Kopf der Vermieterin zähmt. Also ging ich noch einmal in die Buchhandlung und fragte nach etwas Speziellem für unseren Problemfall. Die Verkäuferin bedauerte. Ich schloß daraus, daß Autoren pädagogischer Werke in schalldichten Gebäuden leben oder mildere Kaliber gezeugt hatten als wir.

Die Verkäuferin gab mir jedoch einen Rat mit auf den Weg: Ziehen Sie um.

Das taten wir denn auch, das heißt, wir mieteten mit einer anderen berufstätigen Mutter gemeinsam ein Haus ohne Ober- und Unterbewohner, die sich beschweren konnten. Unsere Nachbarn zur Linken waren Pferde, unsere Nachbarn zur Rechten ein Tonstudio, dessen Besitzer froh waren, wenn *wir* nicht wegen akustischer Belästigung zur Polizei rannten.

Vorübergehend wohnte noch eine junge Witwe mit zwei Söhnen bei uns im Haus. Wir drei Mütter hatten endlich die Möglichkeit, ohne Rücksicht auf Umweltnerven unsere Brut zu erziehen.

Das Ergebnis: nun dröhnten vier Knaben und ein Hund durch alle Zimmer, über Treppen, Polster und in jedes Bett mit Anlauf – wum! Und schrien und ballerten und hämmerten, und wir Erziehungsberechtigte – immerhin Berechtigte! – fuhren mit Stimmen wie Trompeten dazwischen, nicht etwa in der Hoffnung, gehört zu werden, sondern um dieses beschämende Gefühl der Hilflosigkeit in uns zu übertönen.

Nicht unsere Knaben waren leiser und folgsamer geworden, sondern wir Mütter rabiater und lauter. Bei so vielen Phon und ausufernden Temperamenten war für feinere Psychologie kein Raum. Aber wenn wir sie abends aus schwimmenden Badezimmern in ihre Betten gescheucht hatten, nahmen sie ebenso stürmisch, wie sie uns tagsüber auf die Nerven gegangen waren, von uns Abschied.

Als die Witwe mit ihren beiden auszog und die andere Mieterin mit ihrem Knaben in die Ferien fuhr, als das wilde, verwegene Heer auf einen Philip zusammengeschrumpft war, zeigte er sich mütterlicher Ansprache notgedrungen zugänglicher.

Damals begab ich uns auf Anraten einer Freundin unter den psychotherapeutischen Einfluß des Dr. Hiam Ginott. Er hatte ein berühmtes Buch geschrieben, »Parents & Child«, das in viele Sprachen übersetzt worden war, sogar ins Japanische. Die von Ginott geschilderten Eltern brüllten nicht. Sie hüteten sich auch, den Widerstand ihres Kindes herauszufordern oder seinen Stolz durch unkontrollierbare Unmutsäußerungen zu verletzen. Verweise erteilten sie nur indirekt.

Beispiel: wenn Philip früher mit moddrigen Schuhen auf einen Sessel stieg, tobte ich: »Ja, bist du noch zu retten? Mit Dreckstiebeln auf das teure Polster??« Von nun an verwies ich ihn »indirekt«: »Der Stuhl ist zum *Sitzen* da.« Und das teure Polster erwähnte ich überhaupt nicht, denn wenn man seinem Kind vorwirft, was die Sachen gekostet haben, die es beschmiert oder zertöppert, kann das leicht einen Schuldkomplex in ihm hervorrufen.

Die Methode des indirekten Entschärfens prekärer Situationen hatte einen Haken: Wer entschärfte *mich*?

Der Mensch, der ständig sein Temperament unter Verschluß halten muß, kriegt Schäden anderswo.

Als ich auf eine von Philips Missetaten nicht impulsiv, sondern Ginott'sch reagierte: »Ich bin ärgerlich, ich bin sehr ärgerlich, ich bin sehr, sehr ärgerlich«, schaute er mich verdutzt an.

Meine anhaltende Sanftmut irritierte und besorgte ihn.

»Mami, was ist los mit dir?«

Ich sagte ihm, daß ich eine neue Erziehungsmethode ausprobiere.

»Noch lange?« fragte er.

»Wieso, gefällt sie dir nicht?«

»Doch, aber wir haben jetzt gar keinen Grund mehr, uns zu vertragen.« Und nach langem Überlegen: »Es ging doch bisher ganz gut mit uns. Du hattest Verständnis für meinen Blödsinn.«

»Woher weißt du?«

»Du hast gegrinst beim Schimpfen. Und ich hatte Verständnis dafür, daß du mal brüllen mußt. Wozu brauchen wir eigentlich eine neue Methode?«

Eines Tages gab er sein Rabaukentum von selber auf.

Er hatte sich an meiner langen Longe ausgetobt. Und erinnerte sich plötzlich an alle Ermahnungen und Belehrungen.

Er hatte wirklich zugehört, wenn ich manchmal verzagend glaubte: Wozu redest du dir den Mund fusselig, es geht ja doch zu einem Ohr hinein und zum anderen wieder heraus. Er hatte alles gehört, nur noch nicht hören *wollen* ...

Benjamin spinnt

Neulich kam eine entfernte Verwandte zu Besuch. Sie betrachtete den dreieinhalbjährigen Benjamin ausführlich auf der Suche nach Familienähnlichkeiten, fand keine, wohl aber, daß seine Augen viel zu nah beieinander ständen.

»Paßt bloß auf«, warnte sie, »Menschen mit so engstehenden Augen nehmen es selten mit der Wahrheit genau.«

»Wo hast du denn den Quatsch her?« wurde sie ausgelacht.

»Ich habe eben Erfahrungen.«

»Und die hast du bei dir zu Haus in Unterpfaffenhofen gesammelt?«

Darauf war die Verwandte beleidigt und ist einen Zug früher als vorgesehen heimgefahren. Benjamin war das nur recht so, schon wegen Mucky Fantl, der sich während des Verwandtenbesuches im Klavier hatte verstecken müssen. Nun durfte er wieder vorkommen und am Familienleben teilnehmen.

Es handelte sich bei Mucky um einen niedlichen jungen Elefanten, den Benjamin eines Abends erfunden hatte, um das Ins-Bett-Gehen hinauszuzögern. Ein liebes, zutrauliches Tierchen. Er konnte mit seinem Rüssel Kringel malen. Manchmal ritt Benjamin auf ihm, und manchmal saß ihm Mucky auf der Schulter. Er wedelte wie ein Hund, wenn Bennys Vater nach Hause kam, und er ist es auch gewesen, der die große Vase im Wohnraum kaputtgeschmissen hat.

Benjamin kann es beschwören! Eines Tages zog ein gleichaltriges Mädchen ins Nachbarhaus. Benjamin, von Natur aus kontakt- und mädchenfreudig, lernte sie bereits am Umzugsvormittag auf der Straße zwischen abgestellten Küchenmöbeln kennen.

Er war begeistert von ihr. Sprach in den folgenden Tagen nur noch von Carola Nebenan. Ging sie bereits zur Frühstückszeit besuchen. Als er sie gut genug kannte, nahm er einmal Mucky Fantl mit ins Nebenhaus. Außer bei den Großeltern hatte Mucky sonst noch nie Besuch gemacht.

Aber Carola war ein realistisch denkendes Mädchen. Sie konnte mit einem unsichtbaren Elefanten nichts anfangen.

Da verlor auch Benjamin die Lust an ihm.

Seine Mutter erkundigte sich: »Was macht eigentlich der Mucky?«

»Ach«, sagte Benjamin, »der ist krank und möchte seine Ruhe haben.«

»Der Mucky krank?« Das tat ihr aber leid. Es ist erstaunlich, wie leicht man sich an einen unsichtbaren Elefanten gewöhnen kann, wenn man ein paar Wochen mit ihm gelebt hat.

»Was hat er denn?«

»Rüsselschmerzen.«

»Aber dann müssen wir uns um ihn kümmern!«

»Ich sagte dir doch, daß er seine Ruhe haben will«, und Benjamin ging zu Carola Nebenan. Seine Mutter hatte dennoch ein schlechtes Gewissen dem kleinen, unsichtbaren Elefanten gegenüber, der irgendwo in der Wohnung vor sich hin litt. Sie hätte ihn gern getröstet, denn sie hing inzwischen an ihm.

Nicht so Benjamin. Er ging ganz unsentimental mit seinen Erfindungen um. Wenn sie ihm keinen Spaß

mehr machten, wurden sie einfach vergessen. Aus und vorbei. Dafür – von Carola Nebenan entzückt – hatte er einen neuen Einfall. Er wollte auch ein Mädchen sein. Und zwar mit Kleid.

»Benjamin mit Kleid!? Jetzt reicht's«, erklärte sein Vater, worauf Benjamin sich an seine Mutter mit der Frage wandte: »Wozu brauchen wir eigentlich einen Vater?«

Drei Tage lang lag er ihr in den Ohren und auf den Nerven herum: Ich will ein Kleid, ein Kleid, ein Kleid, ich will ein Kleid ... bis sie, vom steten Fordern gehöhlt, zu Carola Nebenans Mutter ging und ihr Benjamins Anliegen vortrug. Sie kriegte ein Dindl gepumpt.

Benjamin war selig, zog es überhaupt nicht mehr aus und verlangte, daß man ihn von jetzt an Elisabeth rufen möge.

Ersparen wir uns den Kommentar seines Vaters dazu, die elterlichen Diskussionen. Auch die Nachbarn schüttelten die Köpfe: Der geht bestimmt mal zum Ballett!

Fremden dagegen fiel nichts Absonderliches an dem kleinen, schwarzköpfigen Dirndlkind auf, solange es nicht sein kreischendes Spiel unterbrach, um an einem Baum sein Röckchen zu heben und – nein! Ein Dirndl, das in hohem Bogen pinkelt, das gibt's doch nicht.

»Wie heißt du denn, mein Kind?«

»Elisabeth.« Und dazu ein unschuldiger Blick aus engstehenden Augen.

Zu seinem vierten Geburtstag wünschte sich Elisabeth ein Plättbrett und ein Bügeleisen und gab gleichzeitig kund, daß er auf keinen Fall vier Jahre alt werden würde ohne Plättbrett und Bügeleisen.

Seine Mutter sagte in Gottes Namen ja. Sein Vater sagte, nun spinnen bereits zwei in der Familie. »Es muß dringend was geschehen.«

Sie meldeten ihren Elisabeth im Kindergarten an.

»Aber nicht im Dirndl«, heulte der Vater auf.

Benjamin, der daneben stand, schüttelte bloß den Kopf. Wie dumm doch dieser Vater manchmal war.

Dann brachte er sein Plättbrett und das Bügeleisen zu Carola Nebenan und gab auch das Dirndl zurück, denn nun war er lange genug Elisabeth gewesen.

»Nun bist du endlich wieder unser Benjamin«, freuten sich die Eltern.

»Nein«, sagte Benjamin, »jetzt bin ich Sheriff Kittler.« Und malte sich einen heftigen schwarzen Bart ins Gesicht.

Dagegen protestierte nicht einmal sein Vater. Es war ihm immer noch lieber, Benjamin ging mit Bart als mit Dirndl in den Kindergarten.

Aber im stillen fragte er sich manchmal: Was ist das bloß für ein Kind? Was ist das für eine Phantasie in diesem Kind? Sollte es vielleicht doch etwas mit seinen engstehenden Augen zu tun haben?

An »Elisabeth« erinnerte sich Benjamin nur noch, wenn er einmal Fotos aus dieser Zeit in die Hände bekam.

»Ach ja, das war, als ich noch ein Mädel war . . .«

Nach sechs Wochen Kindergarten kam er eines Mittags wutschnaubend nach Haus, schimpfte vor moralischer Entrüstung nur so um sich herum: »Der Uli, Mensch, der Uli!« (Sein Kindergartenfreund.) »Der lügt. Das ist ein Lüger!! Der lügt mir alles nach!«

Damit hätte der Uli dem Benjamin um ein Haar den Spaß an der schönen Spinnerei verdorben.

Schwiegermutter

Es ist jetzt das dritte Mal, daß ich mit Verwandten bedacht werde. Die ersten bekam ich gleich bei der Geburt mit, den zweiten Satz lieferte mein Mann, als wir heirateten, und den dritten hat mir gerade meine Tochter durch ihre Fusion mit einem mir flüchtig bekannten jungen Mann aus Bochum beschert.

Die beiden haben sich zusammengetan, bis daß der Tod sie scheide oder ein Landgericht.

Immer wieder wird man in diesem Leben durch Anheirat mit wildfremden Menschen gekoppelt, mit denen man sich freiwillig nie befreundet hätte.

So lernte ich gestern abend die zugereiste Mutter des jungen Mannes kennen und durfte mich auf Anhieb mit ihr duzen. Vor 31 Jahren hat sie ihren Mann verloren und nennt sich seither Kriegerwitwe. Auch das kann eine Lebensaufgabe sein.

Jetzt sitzt sie drei Plätze von mir entfernt an der Hochzeitstafel. Ich sehe ihre blauseidenen Knie, ihre nervösen Hände, die Taschentücher und Brötchen zerkrümeln und – bei leichtem Vorbeugen – auch ihre verheulte Nase im Profil.

Sie schluchzt in einem fort. Man könnte annehmen, daß sie auch ihren Sohn gerade auf dem Altar des Vaterlandes opfern mußte. Dabei wurde ihr vor wenigen Stunden eine liebenswerte, intelligente, gutherzige, hübsche Schwiegertochter geschenkt, eben meine Tochter.

Verstehen Sie, daß mich ihre Heulerei kränkt –?

Und dazu erzählt sie jedem, was für feine, tüchtige Partien ihr Sohn hätte machen können. Eine sogar mit Apotheke.

Aber im Ernstfall wäre wohl auch die Apotheke nicht gut genug gewesen für ihren Sohn. Im Grunde genommen ist nur sie selbst der ideale Umgang für ihn.

Seine Stimme fragt mich gerade über den Tisch hinweg: »Na, Schwiegermutter, so nachdenklich?« Ich zucke zusammen, als ob mich einer beschimpft hätte. – *Schwiegermutter* –!

Zwanzig Jahre lang war ich »die Mami«, als solche herzlich geliebt, mäßig kritisiert, von meiner Tochter als Freundin akzeptiert – eigentlich eine prima Person. Fanden alle.

Seit wenigen Stunden bin ich nun eine Schwiegermutter und fühle mich mit einem Schlag als Satan.

Dabei hat sich mein Charakter so schnell gar nicht ändern können. Ich habe auch kein einziges abfälliges Wort über den jungen Menschen aus Bochum gesagt und meine Bedenken, die viel zu rasche Hochzeit betreffend, fein säuberlich für mich behalten.

Ich habe mich richtig fabelhaft benommen, *aber* – ich bin jetzt eine Schwiegermutter.

An diesem Worte klebt's.

Schon meine Mutter mußte darunter leiden.

Sie war ein Schatz. Mein Mann hat sie geliebt, gelobt und verehrt.

Aber auf die mitfühlende Frage seiner Freunde: »Ist deine Schwiegermutter immer noch da?« pflegte er seine Augen wie ein leidender Dackel zu verrenken. Er brachte einfach nicht den Mut auf, zuzugeben, daß er sehr zufrieden mit ihr war. Weil es nun mal seit Generationen zum guten männlichen Ton gehört, bei Erwähnung der Schwiegermutter die Blicke wie ein leidender Dackel zu verrenken. Eine Schwiegermutter ist eben ein Störenfried, ein Drachen, eine beliebte Witzblattfigur, ein Besen, ein willkommenes Opfer für ulkige Couplets. Und es ist immer die Mutter der Frau damit gemeint.

Dafür gibt es nur eine Erklärung: die Witze und Schimpftiraden über uns werden von Männern verfaßt, die es niemals wagen würden, ihre eigene Mutter auf die Schippe zu nehmen. Dabei sind es seltener die Mütter der Ehefrauen als die Mütter eben jener Söhne, deren Benehmen uns den Makel an diese Verwandtschaftsbeziehung gehängt hat. Eine von ihnen sitzt hier am Tisch und versalzt mit ihren Tränen die ganze Festivität.

Der zugereiste Onkel meines Schwiegersohnes hat eben eine Ansprache vom Blatt gelesen. Darin hieß es unter anderem: Wenn du noch eine Schwiegermutter hast, betrachte sie als süße Last. Dem jungen Ehemann riet er, nur im Notfall von Jürgen von Mangers Refrain ». . . und dann hab ich sie gesägt« Gebrauch zu machen.

Worüber sich mein Schwiegersohn ausschütten möchte vor Lachen.

Lach nur, mein Sohn, aber denk daran: Wenn du später in den Urlaub fahren willst oder abends ausgehen, und es ist niemand da, der bei euch einhütet, weil die dringend benötigte, strapazierfähige, zuverlässige Großmutter sich daran erinnert, daß du sie als Schwiegermutter roh verlacht hast und deshalb streikt – dann, ja dann bist du selber der Gesägte.

Aber was sind das für kleinliche Rachegedanken. Natürlich werde ich einhüten.

»Ist er nicht süß?« fragt mich meine Tochter, verklärt ihren Bochumer betrachtend. »Ist er nicht einfach wahnsinnig süß?«

»Sehr nett«, sage ich.

»Aber?« forscht sie.

»Wieso aber?«

»Du hast doch was! Ich merke es.«

»Er soll nicht immer Schwiegermutter zu mir sagen. Entweder Mami oder Irene. Sag ihm das!«

Es muttert im Kalender

Max schreibt schön. Vor seinen baumelnden Beinen sitzt sein Hund Auguste und räufelt das Gestrickte von seinen Hüttenschuhen.

Es ist ein Bild konzentrierten Arbeitseifers und geschwisterlicher Eintracht. Seit zwei Tagen sind die beiden mit der Herstellung von bemalten, geklebten und schöngeschriebenen Heimlichkeiten beschäftigt. Auguste hilft Max, so gut sie kann.

Einmal ist ihr Fell voll grüner Tusche, und einmal bringt sie der Mutter ein Stück Gedicht in Schönschrift.

Samstag mittag gehen beide zum Gärtner und kehren mit einem heimlichen Strauß zurück, den sie im Eimer hinter der Balkontür ersäufen.

Muttertag steht ihnen schon wieder bevor. Die Jahre werden immer schneller.

Als Max zum ersten Mal mit dieser Einrichtung konfrontiert wurde, war er drei. Stritt sich morgens mit seinem Vater vor der Schlafzimmertür. Weigerte sich, Blumen hereinzutragen und Gedicht aufzusagen.

Als seine Mutter aufstand, klemmte ein Biedermeierstrauß in der Klinke. Der Zank hatte sich verzogen. Von Max keine Spur.

Erst zum Mittagessen kam er wie von ungefähr, grüßte maßvoll aus der Ferne, zog immer engere Kreise um sie, bis er schließlich ein kleines Auto über ihr Schienbein fahren ließ.

»Na?« sagte er.

»Na du?« sagte sie.

»Heute ist kein Muttertach, nich?«

»I was«, sagte sie.

Und danach war alles wieder gut, das heißt, die Mutter war nicht länger eine vom Staat gesetzlich festgesetzte Feierlichkeit, kein Ausnahmezustand mehr, der eine ungeheure Kluft in ihre vertraute Alltäglichkeit gerissen hatte. Sie war wieder seine Mami, sonst nichts – das heißt mehr konnte sie ja gar nicht sein ...

Das war vor vier Jahren. Inzwischen behandeln Mutter und Sohn den Muttertag mit der Gelassenheit der Gewöhnung und treffen jeder für sich ihre Vorbereitungen.

Max mit Unterstützung seines Hundes, die Mutter, indem sie sich selbst aufmuntert: Mütterchen, es ist mal wieder soweit. Marschmarsch aufs Denkmal. Und da thront sie denn gebührend und läßt sich anstrudeln. Vor ihr stehen Max und seine Auguste. Max wenig begeistert, aber naß gekämmt. Er kaut sein Schulgedicht auf dem Umweg über die eigene Schuhspitze zu ihr herauf:

»Kein Vogel sitzt in Flaum und Moos,
In seinem Nest so warm
Als ich auf meiner Mutter Schoß ...«

Sein Vater feixt im Hintergrund. Auguste zottelt an der Margerite in ihrem Halsband.

Nun wird das Gedicht in Schönschrift auf Pappbogen mit Eselsohren und gemalten Blümchengirlanden und Maxens Fingerabdrücken und Augustes Zahnabdrücken überreicht.

Die Mutter bedankt sich und nimmt Max und Auguste in ihre Arme. Sie halten still und finden es schön und haben ihre Zärtlichkeit viel zu selten.

Meine Honigkuchenpferde, denkt die Mutter, meine Nervensägen, mein Nervensegen ... wie oft müßt ihr ohne mich auskommen – manchmal habe ich so wenig Geduld mit euch – was wäre ich ohne euch ... heute ist Muttertag, und ich habe ein schlechtes mütterliches Gewissen ...

»Was machen wir heute?« fragt sie ihren Max.

»Alles, was du willst. Ist ja dein Tag«, sagt er gefügig.

Sie überlegt. »Als erstes würde ich vorschlagen, wir holen den Blumenstrauß vom Balkon ...«

»Jö – ich Depp«, stöhnt Max und rennt davon. Den hat er ganz vergessen.

Abschied vom Vatertag

Himmelfahrt. Vatertag. Weil das Wetter schön ist, fährt Fritz mit Familie und Grillwürstchen zum Schwager aufs Havelgrundstück.

Die Frauen aalen sich unterm Birnbaum, die Kinder schaukeln. Fritz und sein Schwager kloppen mit Opa Skat.

Ein Ausflugsdampfer zieht vorbei. Auf seinem Achterdeck ein Gesangverein: »Lustig ist das Zigeunerleben, fariafariaaa –« Aber es klingt, als ob sie einen zu Grabe dampfern, so langsam und trübselig ziehen sich die Stimmen hin. Vielleicht haben sie auch schon einen in der Krone.

Während Schwager die Karten mischt, betrachtet Opa ihn und seinen Sohn Fritz und leistet sich ein mitleidiges Wundern: »Wenn ick mir euch beede so bekieke – an Vatertag sittsam mit Familje. Und lutschen tut ihr nu schon zwee Stunden an een einzigstet Bier! Mann, seid ihr trübetassig. Wenn ick an unsere Vatatage denke! Wat ham wa uff de Pauke jehaun und Muttan konntet nich vabieten. War ja Vatatag. Eeenmal warste mit, Fritzeken, weeßte noch?«

»O ja«, sagt Opas Sohn. Das wird er nie vergessen.

Damals war Fritz neun Jahre alt und stolz, daß er mit Vatern ins Grüne fahren durfte. Um sechs Uhr früh ging's los. Als sie am Treffpunkt ankamen, johlten Vaters Skatbrüder bereits – total verkleidet – auf einem Kremser. Sie hatten Pappnasen auf, Melonen und Kreissägen. Dazu Ringelhemden und ausgediente Kellnerfräcke, in jeder Tasche einen Flachmann und Mutters Ermahnungen schon längst nicht mehr im Ohr.

Fritz durfte beim Kutscher sitzen. Das war schön, so die Chaussee entlangzurollen, vor sich die blanken Pferdehintern. Manchmal hoben sie den Schweif und äpfelten. Hupende Autos überholten sie, Radfahrer klingelten, buntes Kreppapier flatterte aus ihren Speichen. Einige tippelten auch zu Fuß ins Vergnügen mit ausgestopften Busen und Nachtmützen. Männlicher Karneval im Frühling. Herrenpartie.

Frauen nahmen nur als Zuschauer an diesem Spektakel teil, und wenn sie hübsch waren, mußten sie sich ziemlich direkte Angebote gefallen lassen.

Fritzchen wurde vom Übermut angesteckt und so männlich kühn, daß er zur Kellnerin im ersten Gartenlokal, in dem sie gegen acht Uhr einkehrten, »Na, Kleene?« sagte, was ihm den Tadel »Janz schön keß für so'n Dreikäsehoch« eintrug. Da kriegte er einen roten Kopf. Im Lindengarten gab's Leierkastenmusik und warmes Bier, weil das kalte schon ausgegangen war. Die Sonne stieg höher, die Herren schwitzten, Vaters Pappnase hing ihm bereits im Nacken.

Gegen neun Uhr vormittags bestiegen sie ihren Kremser und zuckelten dem nächsten Lokal zu. Auf der Fahrt dorthin bemerkte Fritzchen die ersten »Väter«, die sich zum Schlafen im Rinnstein niederlegten.

Das neue Lokal war am Wasser. In seinem Garten hatten die Skatbrüder mehrere Tische bestellt und holten die Karten heraus. Weil Skat durstig macht, bestellten sie laufend Steinpilse, worunter ein Steinhäger in Begleitung eines Pils zu verstehen ist.

Fritzchen ging indessen zum Ufer und ließ Steine

über die Wasserfläche hüpfen. Dabei kriegte er nasse Schuhe und verlor die Lust.

»Kann ich Bockwurst haben und Limo?« fragte er seinen skatenden Vater. Der sagte zu allem ja, um ihn loszusein.

Bei den Toiletten im Hof begegnete Fritz einer schwarzen Katze und versuchte mit ihr anzubändeln, aber sie mochte nicht. Dann sah er zwei Betrunkenen zu, die sich in die Wolle kriegten. Leider wurden sie, bevor es zu einer richtigen Keilerei kam, gewaltsam getrennt.

Fritzchen näherte sich wieder seinem Vater: »Bleiben wir noch lange hier?«

»Junge, kannste dir nich mal zehn Minuten alleene beschäftigen?«

Zehn Minuten schon, aber nicht drei Stunden. Sein Vater zog zwei Mark für Eis aus der Hosentasche. Sonst war er nicht so spendabel. Wie so oft am Himmelfahrtstag, setzte am frühen Nachmittag ein Gewitter mit Wolkenbruch ein. Fritzchen sah interessiert zu, wie die Polizei pitschnasse Schnapsleichen einsammelte und abtransportierte. Im Radio sprach man abends von »hilflosen Personen«.

Vaters Club rettete Karten und Steinpilse vor unerwünschter Verwässerung ins trockene Lokalinnere und spielte weiter, bis die ersten Köpfe auf den Tisch sackten. Da endlich dachten sie ans Heimfahren.

Das Gewitter hatte inzwischen die Luft empfindlich abgekühlt. Fritzchen schlotterte auf dem offenen Kremser unter einer Pferdedecke, während die Skatbrüder aus vollem Halse »Ein Linienschiff« grölten. »Ein Linienschiff, ein Linienschiff, das ist ein Schiff, das Linien schifft« – nach der Melodie von »O Tannenbaum«.

Aber lustig war das nicht.

Vor allem nicht das letzte Ende zu Fuß mit seinem Vater, der wie ein zerrupftes Huhn aussah und Schwierigkeiten mit der Richtung hatte. Er schoß von Baum zu Laternenpfahl und wieder zum Baum und verlor dabei seinen Hut. Fritzchen mußte zurück und ihn aus einer Pfütze sammeln.

Von ihrem Parterrefenster aus sah die alte Neumann zu. »Na, Fritzeken, dein Olla hat aban Kanal voll, dem looft's ja aus de Ohrn. Ne Schande ist det, sich so zu besaufen vor sein eignet Kind. Und morgen sollste wieda Respekt vor ihm ham . . .«

Das schlimmste waren die drei Treppen bis zu ihrer Wohnung hinauf. Fritzchen mußte schieben, ziehen, Hut aufsammeln, Erzeuger inzwischen gegen die Wand lehnen, damit er nicht umkippte, ihn gleichzeitig am Singen des »Linienschiffs« hindern . . . Andere Besoffene hatte er immer komisch gefunden, seinen eigenen Vater überhaupt nicht.

Vielleicht ist die Erinnerung an diesen Ausflug schuld daran, daß Fritz, nun selber Vater, am Himmelfahrtstag lieber mit Familie als mit Skatbrüdern ins Grüne zieht, und es ist ihm auch völlig egal, ob sein Vater ihn deshalb eine trübe Tasse schimpft, die unterm Pantoffel steht, von dieser Schwiegertochter total entschärft . . .

Redensarten

Unsere Schule liegt an einer gefährlichen Kreuzung, über die die Autos noch bei dreiviertel Gelb schießen und die Linkseinbieger bereits bei viertel Gelb einbiegen, weil sie so ein kurzes Grün haben. Alle sagen, wenn das nicht geändert wird, passiert mal ein Unglück.

Jetzt ist eins passiert. Ein alter Mann wurde angefahren. Nun haben sie endlich die Ampel besser eingestellt. Darauf sagten die Erwachsenen: Typisch. Erst, wenn das Kind im Brunnen liegt, wird er zugedeckt. Das verstehe ich nicht. Es handelte sich doch eindeutig um einen alten Mann auf einer Kreuzung!

Neulich war ich beim Mittagessen über irgendwas sauer, wahrscheinlich darüber, daß es Spinat gab. Da sagte meine Mutter: Dir ist wohl eine Laus über die Leber gelaufen?

Schon wieder so ein dummes Gerede. Wenn schon eine Laus, dann war sie mir über den Spinat gelaufen.

Meine Oma sagt gern, ich wär so dumm wie Bohnenstroh. Aber sie weiß nicht, was Bohnenstroh ist, warum es dumm ist und weshalb ich so dumm wie Bohnenstroh sein soll.

Wenn ich sie dann frage, sagt sie bloß: Frag nicht soviel, iß lieber deinen Teller auf, damit es morgen schönes Wetter gibt.

Ein Schmarrn. Dem Wetter ist es piepegal, ob ich meinen Teller aufesse oder nicht, aber ich esse meinen Teller nicht auf, weil mir das Porzellan nicht bekommt.

Ich soll die blaue Mütze aufsetzen. Ich setze sie nicht auf, weil sie kratzt. Meine Mutter sagt, ich wäre eine Prinzessin auf der Erbse. Meinetwegen Prinzessin auf der Erbse, aber ohne kratzende Mütze. Da kommt mein Vater und schimpft: Hier wird nicht viel Federlesens gemacht. Du setzt sie auf und basta!

Federlesen? Was ist denn das schon wieder für ein dusseliger Ausdruck, frage ich. Das macht meinen Vater wütend. Er bietet mir einen Katzenkopf an (das arme Tier!) oder eine Maulschelle, Backpfeife, Ohrfeige – alles so unverständliche Wörter. Warum sagt er nicht gleich, daß er mir eine runterhauen will?

Immer diese anzügliche Sprüchemacherei! Zum Beispiel: Wer den Pfennig nicht ehrt, ist des Talers nicht wert. Taler gibt's ja gar nicht mehr, schon nicht mal mehr, wie mein Opa noch ein Kind war. Nun frage ich mich, warum ich, wenn ich den Pfennig nicht genug ehre (für den es eh nichts zu kaufen gibt), kein Geldstück wert sein soll, das schon vor 70 Jahren aus dem Verkehr gezogen wurde.

Sie sagen, ich schlafe bis in die Puppen, meine Schrift sei unter aller Kanone, ich mache aus meinem Herzen keine Mördergrube und sei ein Galgenstrick.

Einerseits heißt es, ich wäre dumm wie Bohnenstroh, andererseits soll ich mein Licht nicht unter den Scheffel stellen. Weil keiner zu Hause wußte, was ein Scheffel ist, hab' ich im Lexikon nachgeschaut. Ein Scheffel ist 1. ein schon gestorbener Verfasser von bekannten Kneipliedern und Romanen und 2. ein altes deutsches Hohlmaß für Trockengut. Wenn ich nun mein Licht unter ein Hohlmaß für Trockengut stelle, bedeutet das, ich stelle mich dümmer, als ich bin. (Ein Quatsch!)

Ich habe meine Eltern gefragt, warum sie solche Redensarten verwenden, wenn sie selber nicht genau wissen, was sie bedeuten. Darauf hielt mir mein Vater einen Vortrag über sprachliches Erbgut, das von Generation zu Generation überliefert wird.

Ich sagte, na schön, aber was soll's, wenn's keinen Scheffel und keinen Taler und keinen Krug mehr gibt, der zum Brunnen geht?

Trotzdem behalten die Redensarten ihren tieferen Sinn und sind noch immer sehr zutreffend, sagte mein Vater. Er erinnere nur an den Ausspruch »Es ist leichter, einen Sack Flöhe zu hüten als ein junges Mädchen«. (Dabei sah er meine ältere Schwester durchdringend an.) Meine Mutter sagte, wie sie neulich auf der Landstraße mal dringend anhalten und ins Gebüsch mußte, habe sie am eigenen Leibe erfahren, was es heißt, sich in die Nesseln zu setzen. Und du selber, sagte mein Vater zu mir, hast du nicht neulich zum Hund gesagt: »Rutsch mir den Buckel runter«, als er nicht folgen wollte? Und »Du kannst mir mal im Mondschein begegnen?« Du selbst hast ja auch schon diese Redensarten übernommen – sinngemäß richtig. Du wolltest dem Hund drohen. Ja, sagte ich. Nein, sagte ich, nachdem ich nachgedacht hatte, denn wenn mein Hund und ich uns wirklich im Mondschein begegnen, würden wir uns mächtig freuen. Weil wir uns beide allein im Dunkeln graulen.

Diese Antwort schien meinen Vater nicht zu befriedigen. Für diesen Zustand, meinte er, gäbe es noch eine andere Redensart, sie fiele ihm nur nicht auf Kommando ein.

Im Dunkeln ist gut munkeln, half ihm meine

Schwester aus, aber mein Vater sträubte sich dagegen und kam wieder auf den Sack Flöhe zu sprechen, und so ging die ganze Unterhaltung aus wie das Hornberger Schießen – von dem in unserer Familie niemand weiß, wann es stattgefunden hat.

Entschuldigungszettel

Es ist kurz nach sieben. Max öffnet zart die Schlafzimmertür. Seine Mutter schläft. Es tut ihm so leid. Er traut sich nicht, sie zu wecken, deshalb schickt er seine Hündin Auguste hinein. Sie soll der Mutter auf die Brust springen, damit diese davon aufwacht, ihn, Max, in der Schlafzimmertür stehen sieht und fragt: »Was ist denn?«

Und er, an ihr Bett tretend: »Ich brauch 'n Entschuldigungszettel wegen gestern.«

»Kannst du damit nicht rechtzeitig kommen? Nein? Immer fünf Minuten vor Schulbeginn fällt es dir ein.«

Er legt ihr Block und Tintenkuli auf das Deckbett. Sie schaut beides unerfreut an: »Was soll ich denn schreiben?« Sie ist kein Schnelldichter, schon gar nicht um sieben in der Früh.

»Sag doch mal.«

»Nicht die Wahrheit«, sagt Max.

»Das weiß ich selber.« ›Mein Sohn mußte leider die Schule schwänzen, weil das Wetter in den Bergen so schön war‹, ist kein akzeptabler Entschuldigungsgrund für einen Lehrer.

Obgleich es natürlich ein Grund zum Schwänzen ist, wenn man – so zum Verzweifeln gesund wie Max – nie aus Krankheitsgründen fehlen kann, aber auch mal gerne möchte.

Es war ein schöner Tag. Mutter, Max und Auguste sind in die Berge gefahren und haben den blau-goldbraun-grün-roten Herbst in ihr Gedächtnis eingespeichert und dabei Kaiserschmarren mit Kompott gegessen.

»Schreib, ich hatte die Grippe.«

»Bei Grippe fehlt man nicht nur einen Tag.«

»Ich würde ja auch länger fehlen«, versichert Max.

»Der eine Tag war schon zuviel«, sagt seine Mutter mit nachträglich pflichtschuldig-schlechtem Gewissen.

»Der Poldi, der neben mir sitzt, hatte Angina. Der könnte mich angesteckt haben«, überlegt er.

»Und im Bett hast du dir den Sonnenbrand geholt, ja?«

»Nein, geht auch nicht.« Max tritt eilig überlegend von einem Fuß auf den andern, er muß gleich zur Schule, es ist ja schon so spät. Plötzlich steht er still, auch an den Füßen, und hat ein Leuchten in den Augen, Illumination eines schönen Einfalls.

»Nun sag schon!«

»Durchfall! Bei Durchfall kann man Sonnenbrand kriegen, wenn man schnell genug flitzt.«

»Okay«, sagt seine Mutter und schreibt: »Sehr geehrter Herr – he, Max, wie heißt der Lehrer?«

»Stutenbäcker«, sagt er, noch einmal zurückkommend.

»Wie schreibt sich das? Buchstabier mal!«

»Also – S wie Sonntag – T wie Tomate – U wie – na, wie U-Boot – noch mal Tomate – E wie Eltern – N wie Nachttopf und dann Bäcker hintendran wie Konditor.«

Sie schreibt aufrecht im Bett sitzend, auf ihrem hochgestellten Kniepult: »Sehr geehrter Herr Stutenbecher ...« Falsch. Verdammt! Sie reißt den Zettel ab, fängt einen neuen an.

Neben ihr steht Max. Seine trampelnde Nervosität bringt sie ganz durcheinander.

»Junge, tut mir leid, aber ich kann nicht hexen.« Und bei dem Gedanken an das Lehrerauge, das ihren Zettel lesen wird, ist sie von vornherein orthographisch verunsichert. Schreibt man das DAS hinterm Komma nun mit ß oder mit s?

»O Mami«, stöhnt Mäxchen.

»Nur noch die Unterschrift – ich muß den Schwindel schließlich unterschreiben –«

Er reißt ihr das Blatt aus der Hand, schmeißt einen Kuß zum Dank in ihre Richtung und folgt Omas Ruf aus der Küche: »Max, dein Kakao!«

Als die Mutter wenig später aufsteht, um sich einen Kaffee zu kochen, findet sie neben Mäxchens halbgeleerter Tasse den Entschuldigungszettel. Er hat ihn vergessen.

Aber so ist das immer – erst kommt er in letzter Minute damit an und treibt sie zu höchster Eile – dann läßt er ihre gemeinsame Zangengeburt liegen.

Jetzt muß er seine Entschuldigung mündlich vorstottern. Hoffentlich erinnert er sich noch an den Grund, für den sie sich endlich entschieden haben.

Daniel

Das Kind braucht einen Namen

Brigitte Sedlhuber erwartet ein Baby. Jeden Tag kann's losgehen. Bevor sie in die Klinik muß, hat sie uns, ihre Freunde, noch einmal eingeladen. Zu Gulasch und Apfelstrudel. Wir sind noch beim Gulasch, als Gustl fragt: »Wißt ihr denn nun endlich, wie es heißen soll?«

»Ja«, sagt Toni, der hochschwangere Vater, »wir dachten an Angela.« Er schaut sich beifallheischend um. Wir gucken stumm zurück. Er sagt: »Warum guckt ihr so? Angela ist ein schöner Name.«

»Na ja«, sagt Maria, »aber ich kannte mal eine, die hatte Warzen an den Händen. Seither denke ich bei Angela immer an Warzen.«

»Wir hatten auch ein Mädchen mit Warzen in der Klasse«, sagt Chris, »aber die hieß Elisabeth.«

»Nennt das Kind bloß nicht Elisabeth«, sagt Gustl, denn er ist einmal mit einer befreundet gewesen, die ihm anonyme Gemeinheiten schrieb, als es aus war.

»Was haltet ihr von Manuela?«

»Du spinnst«, sagt Toni. »Da können wir unser Kind ja gleich Soraya nennen. Unser Kind braucht einen blonden Namen. Aber nichts Nordisches, das paßt nicht zu Sedlhuber.«

»Was paßt denn zu Sedlhuber?«

»Angela«, sagt die baldige Mutter.

»Was ist mit Marie Theres oder Caroline?« frage ich.

»Oder mit Corinna?« fragt Chris.

»Corinna klingt nach Arztroman«, sagt Toni.

»Dann nennt sie doch nach euren Müttern.«

»Die heißen Elfriede und Gertrud«, sagt Brigitte.

»Gottes willen«, sagt Gustl, »ich hab bei einer Elfriede Hertlein in Untermiete gewohnt.« Und nun erzählt er, wie schlimm es ihm da ergangen ist.

Bei Untermiete fällt mir eine Berliner Zimmerwirtin ein: Frau Papke. Die schwärmte fürs gehobene Britische und nannte ihre Tochter Lady Astor. Lady Astor Papke. Das arme Kind.

Brigitte holt den Strudel aus dem Ofen. Ein sagenhafter Apfelstrudel, an dem sich alle den Mund verbrennen. Warum nennt man eigentlich kein Kind nach so was Schönem? Strudel Sedlhuber klingt doch lustig.

Brigitte schaut uns leidend an. Sie kann nicht mehr sitzen. Wir sagen, wir gehen ja gleich, wir trinken bloß noch aus. Wir trinken aus, und Gustl holt eine neue Flasche, er weiß ja, wo sie stehen.

»Was haltet ihr von Petra oder Katharina?« fragt Maria.

»So heißen sämtliche Töchter in unserm Bekanntenkreis«, lehnt Toni ab.

Was immer wir den Sedlhubers anbieten – ob Claudia, Anette, Charlotte, Marie, Constanze, Natalie, Ariane – sie lehnen ab. Sie machen es ihren Freunden nicht leicht, einen Namen für ihr Kind zu finden.

Brigitte stöhnt. Sie weiß nun wirklich nicht mehr, wie sie sitzen soll.

»Dann geh schlafen, Mütterchen«, sagen wir. »Du mußt dich schonen. Sonst kommt das Kind, bevor wir einen Namen gefunden haben.«

»Wir haben ja einen«, sagt Brigitte.

»Was für einen?«

»Angela.«

»Mei, seid ihr stur«, sagt Gustl.

»Mir gefällt Stephanie gut«, sagt Maria.

Stephanie finden alle anwesenden Freunde hübsch. Gustl, hattest du eine unangenehme Freundin, die so hieß? Gustl hatte nicht. Auch keine Wirtin. Also heißt das Kind Stephanie.

»Nein«, sagt Toni, »schließlich ist es nicht euer, sondern unser Kind. Und das heißt Angela.«

»Aber Franziska, was ist damit?« fragt Chris.

»Franziska hieß die Familienpension meiner Tante, da mußten wir jedes Jahr hin«, wehrt Brigitte ab.

»Und Manon?« fragt Maria.

Bei Manon denkt Gustl sofort an ein unanständiges Lied.

Jetzt fällt dem werdenden Vater selbst noch ein schöner Name ein.

»Sag mal, Toni!«

»Olga.«

Wir schweigen kurzfristig unter der Wucht des Namens Olga.

Dann Gustl: »Meine Oma hatte mal einen Mops . . .«

»Schweig«, unterbricht ihn Toni und spricht klangprüfend vor sich hin: »Olga Angela Sedlhuber . . .«

Also mich persönlich stört daran vor allem das Sedlhuber.

»Ich kannte mal eine bildhübsche Gloria«, fällt Chris ein.

Gloria? Wenn schon Gloria, dann gleich Bavaria. Bavaria Sedlhuber.

Von jetzt ab sind wir bloß noch albern. Wir lesen unsere Namen rückwärts. Sedlhuber heißt Rebuhldes. Mein umgedrehter Vorname Arabrab erinnert die Anwesenden an die Ölkrise.

Die Uhr schlägt zwölf. Brigitte stöhnt. Toni geht ins Nebenzimmer. Wir denken, er holt neuen Wein, aber er holt bloß Taxis per Telefon für uns. Was soll das heißen? Etwa ein Rausschmiß? Ist das der Dank für all unsere Müh, die Sedlhubers daran zu hindern, ihre Tochter so zu nennen, wie sie gerne möchten? Und was ist, wenn es ein Junge wird? Wir haben ja noch gar keinen Namen für einen Jungen . . .«

»Besten Dank«, sagt Toni und schiebt uns zur Haustür hinaus. »Der Bub heißt Benedikt. Basta.«

Mit Benedikt sind wir rausgeschmissenen Freunde sofort einverstanden.

»Ihr vielleicht«, sagt Toni, »aber gegen den Namen meutert nun wieder unsere Familie.«

»Und das laßt ihr euch gefallen«, sagt Gustl empört.

»Schließlich ist es doch euer Kind – oder?«

Post scriptum

Kein echter Wiener hat Vertrauen zu einem anderen Arzt als einem Wiener. Mein Onkel lebte schon 25 Jahre in Kansas City, aber wenn er neue Zähne brauchte, reiste er nach Wien. Ich will damit sagen, daß es nur selbstverständlich war, daß Brigitte Sedlhuber in ihrer Heimatstadt Wien ihr Kind zur Welt bringen wollte, sie kam dort gleichzeitig mit den ersten Wehen auf dem Hauptbahnhof an und per Funkstreife in die Klinik, wo ihr bestelltes Zimmer noch nicht frei war und der Herr Ordinarius auf einem Kongreß. Die Hebamme hatte einen Hexenschuß, aber es war in Wien und damit alles gut.

In derselben Nacht rief Toni, ihr Mann, die Münchner Freunde schluchzend an: »Wir haben einen Daniel!«, und die Münchner Freunde schluchzten vor Freude mit – das heißt, Moment mal – wieso Daniel!? Es war doch Benedikt ausgemacht ... Vielleicht hatten wir uns verhört. »Sagtest du Daniel?«

»Ja.«

»Nicht Benedikt?«

»Nein, Daniel.«

Wir hängten verstört ein.

»Daniel ... findst'n das?«

»Ich weiß nicht. Klingt irgendwie nach langen Locken und weißen Federn. War das nicht ein Engel?«

Gustl schaute im Lexikon nach. »Daniell«, las er vor. »Daniellscher Hahn, für Knallgebläse, mischt Wasserstoff mit Sauerstoff erst unmittelbar vor der Entzündung.«

»Oh, Mann, du Depp, gib mal das Buch her – hier steht's ja: Daniel, einer der vier großen Propheten im Alten Testament.« Ausgerechnet ein großer Prophet. Hätte nicht ein kleiner genügt? Diese Vorbelastung für so einen zarten Säugling. Die wäre ihm bei Benedikt sicher erspart geblieben.

»Schau mal bei Benedikt nach.«

»Nach ihm hießen 15 Päpste und ein ganzer Mönchsorden.«

»Aber immerhin auch ein Likör!« gab Maria zu denken. Doch was ereifern wir uns. Es ist eh zu spät. Das Kind heißt nun eben Daniel, und damit müssen wir uns abfinden.

Wer sagt, daß Daniel eine Nervensäge ist?

Daniel ist mit seinem Vater allein zu Hause.

Sein Vater – ein Journalist – muß einen eiligen Artikel schreiben. Für diesen Artikel braucht er Unterlagen. Die Unterlagen befinden sich im Schrank, aber der Schrank ist abgeschlossen und der Schlüssel . . .

»Daniel, sag dem Papi, wo du den Schlüssel gelassen hast, komm, sag's dem Papi. Wenn Papi nicht an den Schrank kann, kriegt er großen Ärger, und das will Daniel doch nicht, nicht wahr?«

Nein, das will Daniel nicht. Trotzdem sagt er nicht, wo er den Schlüssel gelassen hat.

Während er sich – ob der ernsten Worte ganz bedrückt – ins Bad zurückzieht und Trost im Abrollen des Klopapiers sucht, bricht sein Vater den Schrank auf. Was bleibt ihm anderes übrig? Er setzt sich an den Schreibtisch, spannt ein Blatt in die Maschine und hört es scheppern, kollern, plätschern – diesmal aus der Küche. Daniel räumt den Eisschrank aus.

Sein Vater räumt ihn wieder ein, wischt die umgekippte Milch auf und stößt sich den Kopf beim Hochkommen. Er setzt sich an den Schreibtisch. Daniel setzt sich unter den Schreibtisch und räumt den Papierkorb aus.

Sein Papi tippt siebeneinhalb Wörter, da nähert sich ihm eine kleine Hand von unten: Daniel schenkt ihm einen Papierschnipsel. Sein Papi bedankt sich. Daniel schenkt ihm noch einen Schnipsel. Sein Papi dankt – Daniel schenkt, und so fort. Ein unendlicher, herzlicher Austausch von Schnipseln und Dankesbezeugungen, bis Daniels Papi den Papierkorb auf den Schrank stellt. Auf dem Schrank stehen schon die Schnapsflaschen, der Toaströster, Streichhölzer, zerbrechliche Nippes und noch mehr.

Daniel seufzt. Womit soll er jetzt spielen? Sein Papi schlägt ihm die vielen Stofftierchen vor. Aber Daniel spielt lieber mit der Steckdose. Sie ist kindersicher, das langweilt ihn.

Nun macht er die Schranktür auf und zu und auf und zu und auf und klemmt sich den Finger. Er brüllt. Sein Papi muß pusten.

Sein Papi schreibt zwei Zeilen. Daniel sammelt Kekskrümel vom Teppich und steckt sie in den Mund.

Er lutscht auch an einem grünen Filzstift. Sein Papi muß telefonieren. Inzwischen trinkt Daniel das Bierglas leer.

Er macht sich in die Windeln. Sein Papi überlegt, ob er – und tippt weiter, denn er muß es ja noch nicht bemerkt haben.

Er tippt vier Sätze ungestört, bis ihm mit Schrecken auffällt, daß er vier Sätze ungestört tippen durfte.

Was macht Daniel???

Daniel trägt den Inhalt des Mülleimers zu der großen Bodenvase, die auf der Diele steht, und läßt ihn hineinfallen.

Sein Papi stülpt die Vase um und findet zwischen Butterpapieren mit Teeblättern, Zigarettenstummeln und Bananenschalen seinen lang vermißten Führerschein, eine Krawatte, das goldene Armband seiner Frau und fünf Schlüssel, darunter auch den vom aufgebrochenen Schrank.

Er kehrt zu seinem Artikel zurück und tippt immer

nervöser – in einer halben Stunde muß er abliefern. Neben dem Schreibtisch steht Daniel und schaut ihn unentwegt an. Sein Papi gibt sich Mühe, es nicht zu bemerken. Er tippt. Daniel seufzt und schiebt sich immer näher heran. Und lehnt sich auf Papis Knie. Und schaut ihn an. Und schaut ihn an. Und seufzt. Das brächte selbst einen Eisschrank zum Tauen.

Daniels Papi sagt: »Also schön.« Nun sitzt er auf dem Schoß – eingekeilt in zwei tippende Arme, zieht an Papis Bart, bohrt mit dem Finger in seinen Nasenlöchern. Noch eine halbe Seite, dann ist der Artikel fertig. Dann braucht er ihn nur noch abzutippen ...

Es läutet an der Wohnungstür – ist aber keiner draußen.

Daniels Papi geht auf den Flur hinaus, um nachzuschauen. Daniel macht die Tür hinter ihm zu. Peng. Nun stehen sie da. Der eine drinnen, der andere draußen.

Daniel brüllt. Sein Papi ist ebenfalls den Tränen nahe, wenn er an seinen unvollendeten Artikel denkt und an den Redakteur, Herrn Knüppel, der dringend auf ihn wartet und so gar kein Verständnis dafür hat, daß es zu Terminschwierigkeiten kommen kann, wenn ein kleiner Sohn um einen dichtenden Papi herum die große Welt entdeckt, die Steckdosen und Mülleimer und seine eigene Schenkfreudigkeit. Was soll nun werden? Du lieber Himmel, was wird jetzt?

Daniel legt seine Händchen von innen gegen das Türholz. Sein Papi hört es an dem leichten Klatschen und legt seine Handfläche von außen dagegen, so in der Höhe, wo er Daniels naßgeweinte Finger vermutet. Nun sind sie auch räumlich in ihrem Leid verbunden, das tröstet irgendwie.

Und so findet sie die heimkehrende Mutter.

»Er hat mich ausgesperrt! Der Artikel ist nicht fertig, es wird einen Riesenärger geben. Der Knüppel tut mir so leid.«

»Warum?« fragt die Mutter.

»Weil er keinen Daniel hat«, sagt sein Papi.

Topfpremiere

Daniel ist jetzt ein Jahr und vier Monate alt. Seine Eltern finden, daß es höchste Zeit wird, ihn an einen Topf zu gewöhnen. Der Kinderarzt meint zwar, das käme ganz von allein, aber wie soll Daniel von ganz allein nach einem Topf verlangen, wenn er gar nicht weiß, wozu der da ist?

Es befinden sich zwei Nachtgeschirre in der Wohnung. Eines aus Porzellan und aus der Junggesellenzeit seines Vaters. Es diente einer Zimmerlinde als Untersatz. Die Zimmerlinde ist dann lieber eingegangen. Der zweite Nachttopf ist aus Plastik in Form einer Ente, vorn mit erhöhtem Nippel, damit nichts drübergeht, hinten mit angedeuteter Rückenlehne. Ein Modell, das jeden Erwachsenen nachträglich mit Neid erfüllt, dem die Erinnerung an den eiskalten Porzellanrand seiner Kinderzeit noch heute als Schock im Po sitzt.

Selbstverständlich wählt der Vater das Entenmodell für den ersten Versuch, seinen Sohn mit einem Topf bekannt zu machen.

Er flötet nach Daniel, welcher voll heiterer Spannung ins Zimmer trabt und stutzt, als er die Ente auf dem Teppich sieht. Die ist ihm neu.

Sein Papi streichelt den Topf – eii, guter Topf –, um seine Kinderfreundlichkeit zu demonstrieren. Danach erklärt er, wozu er da ist. Daniel hört aufmerksam zu, denkt nach und holt Ernstl, sein Schlaftier, um es hineinzustopfen.

Sein Vater erklärt ihm noch einmal den Sinn des Topfes. Jetzt hat Daniel aber verstanden. Er läuft zu seiner Spielkiste, um Bauklötzer ...

»Nein. Wieder falsch!«

Der Vater gibt das Erklären auf und fängt mit der Praxis an, das heißt, er befreit den jungen Mann von seiner wasserdichten Verpackung und setzt ihn, barfüßig bis zur Taille, auf den Topf.

»Jetzt mach!«

Daniel überlegt und hat's. Seine Händchen legen sich um den Entenkopf, drehen an ihm. Dazu macht er »Wurrrch-wurrch ...«

Es besteht kein Zweifel: der Topf ist ein Auto.

Nun demonstriert der Vater das Vorhaben akustisch, bis er rot anläuft. Daniel lacht sich schief. Fällt beinah vom Topf vor Lachen. Ahmt ihn nach – äh – äh ...! Na? Sollte er etwa begriffen haben?

Der Vater hebt ihn von der Ente und schaut nach. Daniel schaut auch nach und sieht ebenfalls nichts.

Es ist doch schwerer, als er sich das gedacht hat, stellt der Vater fest. Und gibt für heute die Hoffnung auf.

Daniel umarmt indessen den Entenhals. Liebt seinen neuen Besitz und pieselt gleichzeitig in hohem Bogen auf den Teppich. Ehe sein Vater ihm den Topf entreißen und unterhalten kann, ist es geschehen. Kann man nichts machen.

Rom ist auch nicht an einem Tag erbaut worden und der Vater mit dem Resultat der ersten Lektion nicht unzufrieden: Immerhin hat Daniel seinen Topf schon *umarmt,* während er den Teppich sprengte.

Daniel und der Supermarkt

Vater und Sohn gehen einkaufen. Der eine hat es wie immer sehr eilig, der andere hat wie immer sehr viel Zeit. Er ist ja auch noch klein. Zwei Jahre alt – und was dem Christoph Kolumbus seine selbstentdeckte neue Welt, das ist dem Daniel Sedlhuber sein Supermarkt.

Das fängt vor der Tür des Marktes an. Sein Vater hält ihm dieselbe schon eine Weile auf – (mehrere Leute haben sich bereits herzlich dafür bei ihm bedankt) –, Daniel, nun komm endlich!!! Daniel steht staunend vor einem angebundenen struppigen Hund. Lächelt ihn liebenswürdig an, säuselt: Kuckuck!

(Kuckuck ist sein Lieblingswort zur Zeit. Es bedeutet Hallo, Guten Tag, Ich will das haben, Ich mag dich, Du kannst mich mal!)

Der Hund reagiert nicht auf fremde Ansprache, schon gar nicht auf Kuckuck.

Daniel landet mit Schwung in einem Einkaufswagen, der vorn einen ausbruchssicheren Sitz mit zwei Öffnungen zum Durchbaumeln der Beine hat. Ab geht die Fahrt zu den Haarwaschmitteln, dem ersten Artikel auf der Einkaufsliste, die Daniels Mutter geschrieben hat, bevor sie ins Büro fuhr. Während sein Vater die Sorte gegen Schuppen sucht, packt Sohn mehrere Färbemittel und ein Trockenshampoo in den Wagen.

Auf dem Wege zu den Spaghettis kommen sie an einem Werbestand vorbei. Der Vater wird zu einer österreichischen Weinprobe eingeladen – grüner Veltliner. Prost!

Daniel, gewöhnt, beim Metzger ein kaltes Würstel und beim Bäcker einen Keks zu schnorren, indem er den Kopf schief legt und liebenswürdig Kuckuck tönt – Daniel legt den Kopf schief und kuckuckt so niedlich vorm Weinfräulein – aber nix kriegt er. Nicht einen Tropfen. Da wird er tückisch.

Wenn nicht mit Kuckuck, dann eben mit Gewalt. Er röhrt unwirsch, trommelt mit den kurzen Beinen, dreht seinen Zorn auf Superlautstärke . . .

Daniel!!!!

Es ist seinem Vater so peinlich, einen Schnorrer zum Sohn zu haben. Er flieht mit ihm zum Yoghurt. Auf dem Zettel steht neben Yoghurt in Klammern: achte auf das Datum!

Der Vater achtet aufs Datum und nicht auf Daniel, der sich mit seinem Wagen an die Gefriertruhe herangezogen hat. Er angelt sich ein Hühnchen. Weil es aber ein so schweres und so kaltes Hühnchen ist, läßt er es fallen.

Peng. Das knallt. Daniel spürt die allgemeine Beachtung – und will noch eins schmeißen – aber da ist schon sein Vater wie ein Känguruh herangesprungen und rettet das zweite Huhn vorm freien Fall – kann aber nicht verhindern, daß ihm dabei das Yoghurt aus der Hand rutscht.

Platsch.

Kaputtes Yoghurt ist auch lustig. Daniel juchzt. Sein Vater – bis in die Ohrzipfel errötet – biegt mit ihm um die nächste Kurve, bloß weg vom Tatort, hält erst beim Bord mit den Puddingpulvern an. Braucht er Pudding? Nein. Käse steht auf seinem Zettel.

Auf zum Camembert.

Während er die Deckel von denselben hebt und jeden einzelnen mit leichtem Fingerdruck auf seinen Reifegrad hin prüft, verschiebt Daniel die Preisschilder in der Plexiglasleiste des Regals. Auf einmal kostet ein Harzer Käse dreifünfundachtzig. Wenn das nicht Inflation ist!

Jetzt zu den Gürkchen im Glas. Wo sind nun wieder die Gürkchen? Irgendein psychologisch verschulter Marktforscherdepp hat mal wieder viele Artikel umräumen lassen, damit nur ja keine optische Gewöhnung aufkommt und ein eiliger Kunde bloß die Hälfte von dem findet, was er besorgen wollte. Daniels Vater stellt seinen Sohn mitten im Gang ab, an einer Stelle, wo er an nichts, aber auch an gar nichts heranlangen kann, und macht sich auf die Suche nach den Gürkchen.

Inzwischen ist Daniel auch nicht untätig. Er pult die Preisschilder vom Eingekauften. Und hat die Freude, daß kurzfristig ein fremder Wagen neben seinem geparkt wird.

Es geht zur Kasse. Daniels Vater vermißt die Butter und den Camembert, dafür soll er ein Döschen Anchovis bezahlen, Haarfärbemittel, einen Kuchen für Diabetiker und Katzenfutter. Er schwört, das hat er nie gekauft, das muß ein fremder Wagen sein.

»Ist das vielleicht auch nicht Ihr Kind?« fragt die Kassiererin und zeigt auf Daniel, der gerade so niedlich den Kopf schief legt und Kuckuck sagt, weil er bunte Guttis haben möchte, die es an der Kasse zu kaufen gibt.

Sein Vater hebt ihn eilends aus dem Wagen, zahlt – auch das Katzenfutter – bloß raus hier – stopft seine Ware in zwei Tüten und steht einem absoluten Verkehrschaos gegenüber.

Keiner kann in den Supermarkt hinein, keiner kann hinaus. Daniel hat alle Wagen, die er erwischen konnte, ineinander verkeilt. Und wenn man bedenkt, wie wenig Zeit er dafür benötigt hat! *Daniel!!!!*

Daniel legt sein Köpfchen schief und sagt... (Wenn er jetzt Kuckuck sagt, dann – aber dann!!! Das verspricht ihm sein Vater.) Daniel legt also den Kopf schief und sagt: *Papi?*

Daniel, der Schweiger

Daniel ist reizend. Ich kenne keinen, der ihn nicht mag. Er schaut ein bißchen wie der kleine Mozart aus, es käme dennoch niemand auf die Idee, ihn für ein Wunderkind zu halten. Eher für – na, sagen wir – ein bißchen zurück.

Seine leisen Aktionen verraten zwar Intelligenz. Er überlegt den ganzen Tag, man sieht's ihm an. Nur reden tut er nicht. Gerade »Mami«, »Papi«, »Auto«, »Kuckuck«, »Baba«. Aus. Da können sie noch soviel mit ihm üben, ihm jeden Gegenstand mit vollem Namen vorstellen – er hört interessiert zu und schweigt. Wenn er etwas will, nimmt er den nächstbesten Erwachsenen bei der Hand und führt ihn zu seinem Vorhaben.

Der Kinderarzt meint, das wäre nicht weiter besorgniserregend, das Sprechen käme eines Tages von ganz allein. Bei manchen Kindern dauere es eben länger.

Na schön, aber soo lange?

Daniel wird bald drei. Andere Kinder in seinem Alter sägen vom Morgen bis zum Schlafengehen mit ihrem Geplapper an den Nerven ihrer Eltern. Was gäben Daniels Eltern darum, wenn sie einmal »Halt die Klappe« oder »Kannst du nicht fünf Minuten stille sein?« zu ihm sagen dürften.

Seine Mutter überlegt schon, ob sie mit ihm zum Kinderpsychologen gehen soll, aber der Vater winkt ab. »Du glaubst doch nicht im Ernst, daß er einem

Fremden erzählt, was für ein Jugenderlebnis ihm die Lust am Quasseln genommen hat.«

Und so schweigt Daniel weiter vor sich hin, mal heiter, mal mit aufmerksamem Ernst den Gesprächen der Erwachsenen zuhörend. Seine stumme Artigkeit hat zuweilen etwas Beängstigendes. Das findet selbst seine Mutter bis zu jenem Abend, an dem sie ihn wie immer ins Bett bringt und sagt: »Jetzt wird nicht mehr gespielt. Es ist spät heute. Gute Nacht, Daniel, gib der Mami ein Bussi – und schlaf schön.«

Daniel gibt brav Bussi, nimmt sein Schlaftier Ernstl in den Arm und zwei Finger in den Mund. Die Mutter löscht das Licht, läßt die Tür einen Spaltbreit offen und begibt sich ins Wohnzimmer.

Es ist sehr still im Haus. Nach einigen Minuten horcht sie auf. Da redet doch jemand. Hat sie vergessen, das Radio abzudrehen? Es ist eine helle Kinderstimme, und die Stimme kommt aus Daniels Zimmer. Sie sagt: »So, Ernstl, nich mehr spielen – schön schlafen – schon spät – gib Daniel Bussi – gut Nacht.«

Die Mutter hält den Atem an vor Spannung, aber es kommt nichts mehr. Daniel ist eingeschlafen.

Sie weiß jetzt nicht, wohin mit sich vor lauter Freude. Muß sich umgehend mitteilen. Ruft ihren verreisten Mann an, ihre Eltern, ihre Schwiegereltern, ihre Schwester Lilly (vor allem die mit ihren frühreifen Mädchen) und viele Freunde.

»Ihr habt gedacht, der Daniel wär' zu blöd zum Reden. Der kann, wenn er will – und wie!«

Am nächsten Morgen knöpft sie ihn sich vor. »Ich hab' gehört, wie du mit Ernstl geredet hast. Warum redest du nicht mit uns? Mami findet das sehr traurig.«

»Mami nich traurig«, sagt Daniel und macht Ei-ei.

Aber den Grund für sein Schweigen, den sagt er nicht. Den wird sie wohl nie erfahren. Gleich nach dem Frühstück fährt sie mit ihm zu ihrer Schwester Lilly, um ihr triumphierend zu beweisen, daß ihr Sohn viel mehr kann als Mami, Papi, Auto, Kuckuck, Baba.

»Daniel, sag der Tante Lilly guten Tag.«

Daniel gibt seiner Tante die Hand, schaut sie an und sagt kein Wort. Nicht ums Verrecken. Lilly grinst. Sie hat sich schon so etwas gedacht.

Daniels Mutter kocht. Immer, wenn man sein Kind vorführen will, blamiert es einen bis auf die Knochen.

Beleidigt zieht sie mit ihrem Schweiger ab. An der Wohnungstür dreht er sich noch mal um und sagt: »Daniel Lilly nich mag.«

»Na bitte«, jubelt seine Mutter, »was hab ich gesagt? Er kann, wenn er will.«

Und dann erst fällt ihr auf, was Daniel alles kann, wenn er will – aber wenn sie ihm jetzt sagt, daß er so was nicht sagen darf, dann sagt er das nächste Mal vielleicht wieder überhaupt nichts mehr außer Mami, Papi, Auto, Kuckuck, Baba. Sie ahnt: Sobald er von nun an den Mund aufmachen wird, kommen neue Probleme auf sie zu.

Die erste Freundschaft

Daniels Eltern hängen bewegungslos in ihren Sonnenstühlen. Wenn sein kleiner Schatten über ihre heißen Bäuche fällt, verdunkelt sich gleichzeitig ihr Gewissen, weil sie ihrer Faulheit mehr Zeit widmen als seiner Spielfreudigkeit.

So ein Dreijähriger hat's wirklich nicht so einfach in einem Urlaubsort. Er stört in der Erholungsbedürftigkeit der Erwachsenen herum, und die größeren Kinder mögen mit so einem Kleinen noch nicht spielen. Ein Glück, daß Daniel seinen Putztrieb hat. Wenn er putzt, ist er wenigstens beschäftigt.

Daniel begibt sich zum Parkplatz, um mit Hilfe eines mütterlichen Badeanzuges die Autos zu entstauben. Er ist noch beim ersten Kotflügel, als sein Vater mit Riesensprüngen von der einen Seite naht, um ihn einzufangen, während von der anderen ein vollbepacktes Auto vorfährt: Es enthält ein Paar Eltern, zwei große Kinder, eine steifgesessene Oma (zum Zwecke des Babysittens mitgenommen) und einen strahlenden, selbstbewußten Jungen in Daniels Größenordnung.

Die Erwachsenen lächeln sich umgehend zu. »Wohnen Sie auch im Hotel?« – »Wie alt ist denn Ihrer? Unser Georg ist dreieinviertel.« (Bei Eltern von Kleinkindern geht das Anknüpfen sehr schnell, sind sie doch ständig auf der Suche nach einem gleichaltrigen Spielfreund.)

»Georg, gib dem Jungen die Hand. Ihr werdet

sicher gute Freunde.« Georg, ausgestattet mit großen Geschwistern und einer Oma, die sich gebührend um ihn bemühen, sieht nicht ein, warum er sich mit diesem fremden, stummen, leicht verschüchterten Putzteufel auf Anhieb befreunden soll.

»Nein, lieber nicht die Hand«, entscheidet er.

Beim anschließenden Mittagessen sehen sie sich wieder. Die Eltern lächeln sich mehrmals zu. Die Kleinen gehen streng getrennt ihren Tätigkeiten nach. Daniel wischt die Krümel vom Tischtuch und anschließend mit seiner Serviette die Fliesen. Georg hat den Klappeffekt der Terrassentür entdeckt und tötet damit jeden Funken Kinderliebe in den übrigen Hotelgästen. In Daniel wächst Bewunderung für diesen Türknaller. Aber angucken tut er ihn nicht.

Es braucht zwei Tage und einen Regenguß, bis sie sich näherkommen. Sie klemmen beide – mit bewußtem Abstand voneinander – an der großen Scheibe der Hotelhalle und gucken hinaus. Daniel hat eine Socke ausgezogen und putzt damit seinen Atem von der Scheibe.

Das interessiert Georg. Er verringert den Abstand zu Daniel, welcher haucht und putzt und haucht ... und auf einmal ist er neben ihm. Haucht auch gegen die Scheibe, schaut Daniel abwartend an. Daniel schaut zurück. Inzwischen ist Georgs Puste auf der Scheibe von allein verschwunden. Das ärgert ihn.

»Joot!« schimpft er ihr nach. (So nennen sich seine großen Brüder, wenn sie einen Zorn aufeinander haben. Idiot!)

Daniel hängt bewundernd an Georgs Lippen. Georg, beflügelt durch diese Bewunderung, gibt noch ein paar Flüche mehr aus seinem Repertoire zum besten. Zum Beispiel: »Wahrscheinlich!!« und »Zeugnis!« Dabei stampft er mit dem Fuß auf und furcht die Stirn wie sein Vater.

Daniel ist überwältigt. Er möchte auch gern imponieren. Aber er kann noch keine Flüche. Vielleicht sollte er hopsen, um Georgs Interesse warmzuhalten.

Daniel hopst einmal versuchsweise. Georg hopst ihm nach. Daniel, beflügelt durch diese Anerkennung, hopst zweimal. Georg auch. Sie hopsen immer wilder und beglückter, wollen sich ausschütten vor Lachen ... und das ist der Anfang ihrer Freundschaft.

Georg, der mit seiner Großmutter ein Doppelbett teilt, weckt sie bereits um sechs Uhr. »Ich will zu Daniel!«

Seine Großmutter macht ihm klar, daß es dafür noch viel zu früh ist. »Es schlafen doch noch alle.«

Alle Hotelgäste außer Daniel. Er vertreibt sich die Zeit bis zum Wiedersehen mit Georg, indem er sämtliche Schuhe mit seinem Waschlappen putzt. Eltern und Geschwister haben an Wichtigkeit verloren. Es gibt für Georg nur Daniel und für Daniel nur den Georg. Und vielleicht noch die Oma, die beider Freundschaft überwacht.

Sie geht mit den beiden ins Kaffeehaus, Eis essen.

Einmal kommen Daniels Eltern vorbei. Ihr Sohn kennt sie zwar noch, aber er rutscht nicht von seinem Stuhl und läuft ihnen nicht entgegen. Er lacht bloß satt »Höhö-!« Wie ein Kerl mit breiten Ellbogen auf dem Biertisch.

Sieben Tage lang ist das so schön. Dann muß Daniel mit seinen Eltern abreisen. Georg und die Oma begleiten ihn auf den Parkplatz. Schauen zu, wie die Koffer verladen werden, das Buddelzeug und Daniels Putzmittel. Und keiner von beiden Jungen gibt

Laut. Es herrscht wieder stumme Befangenheit zwischen ihnen. Wie beim Kennenlernen.

»Sagt euch schön auf Wiedersehen.«

Da schauen sie sich an und umarmen sich. Halten sich einen Augenblick lang ganz fest. Daniel wird in seinen Kindersitz geschnallt. Autotüren klappen. Verabschiedendes Hupen, als sich der Wagen in Bewegung setzt.

Daniel schaut durch das Rückfenster auf Georg.

»Du mußt winken«, sagt seine Mutter.

Daniel winkt.

»Du mußt winken«, sagt die Oma.

Georg winkt.

Daniel in seinem Kindersitz begreift plötzlich, daß er sich von seinem ersten wirklichen Freund entfernt. Wenn der Wagen um die Ecke biegt, wird er ihn nicht mehr sehen – heute nicht und morgen nicht und überhaupt nicht. Das tut ihm sehr leid. Aber er weint nicht, sondern es kommt ihm ein Wort in den Sinn, das in seiner starken Ausdruckskraft Eindruck auf ihn gemacht hat.

»Scheiße«, sagt er, »Scheiße, Scheiße –« vor sich hin, bis die Mutter sagt: »Nun ist es aber genug. Das will ich nie mehr hören.«

»Warum nich?«

»Weil es ein häßliches Wort ist. Wo hast du das überhaupt her? Von Georg?«

»Nein, von Papi.«

»Du sagst es mindestens zehnmal am Tag«, klagt die Mutter an.

»Es erleichtert mich«, entschuldigt sich der Vater.

»Ja«, sagt Daniel hinter ihm.

»Wieso ›ja‹? Warum hast du ja gesagt?« möchte die Mutter wissen, aber das kann er ihr mit Worten noch nicht erklären, dazu ist sein Wortschatz noch zu klein.

Und seine Erfahrung mit dem erleichternden Fluchen noch zu neu. Aber er fühlt sich zum ersten Mal männlich. Er hat über den Abschied vom Georg nicht geheult, er hat einfach das Wort »Scheiße« erfolgreich ausprobiert.

Daniel, der Partyschreck

Einmal im Jahr geben Daniels Eltern eine große Party. Da fordern sie alle Leute auf, denen sie eine Einladung schuldig sind, und es gibt ein heftiges Gedränge in ihrer Wohnung. Aber besser, seine Verpflichtungen in einem Abwasch hinter sich zu bringen als dieses kleckerweise Einladen. Es kommt so auch billiger.

Daniel erzählt schon Wochen vorher überall herum: »Wir machen ein Fest bei uns. Da ist was los.«

Von ihm erfahren es auch die Verwandten, die aus Platzmangel nicht eingeladen worden sind. Nun reden sie schlecht über Daniels Eltern.

Im Kinderzimmer wird das kalte Buffet aufgebaut. Deshalb müssen Daniel, sein Bettchen, seine Tiere, Autos und überhaupt alles, was Platz wegnimmt, ins Schlafzimmer umgeräumt werden. Da kann man nun nicht mehr treten. Am Morgen des Geschehens überrascht Daniel seine Mutter mit hohem Fieber. Es sind wieder einmal seine Mandeln, diese chronischen Spielverderber. Immer, wenn man sie am wenigsten gebrauchen kann, werden sie renitent.

Daniel erhält ein fiebersenkendes Mittel von seiner Mutter, die zwischen Salatschnipseln und Kinderbett hin und her wetzt. Nachdem das Fieber herunter ist, setzt die Quengelei ein. Er langweilt sich in seinem Bett herum. Will aufstehen. Darf aber nicht. Warum nicht? Hat Hunger. Möchte was essen, aber was

Schönes. Was trinken. Was zum Spielen. Nicht das, was anderes. Warum liest ihm keiner vor? Einmal wird er in der Küche erwischt. Er hat Streusel vom Kuchen gepolkt und die teuren Spargelspitzen aus den Schinkenröllchen. Wie sehen die schönen Platten jetzt aus, die soviel Mühe gemacht haben –!

Marsch ins Bett und laß dich ja nicht wieder blikken!

Punkt acht schellen die ersten Gäste, die schon auf der Straße auf und ab gegangen sind, weil sie zu früh kamen. Daniels Vater erwartet die Ankunft des Lifts. Da kollert ein Pfirsich an ihm vorbei in den Hausflur. Er schaut sich um. Sieht Daniel bedauernd die Achsel zucken. Saftflasche und drei Pfirsiche auf einmal tragen ist eben schwierig. Selbstverständlich ist er barfuß.

Sein Vater, ein heftiger Gegner der Prügelstrafe, droht ihm Prügel an für den Fall, daß er sich noch einmal sehen läßt.

Daniel wartet den Inhalt des Lifts ab: ein Ehepaar und ein Blumenstrauß. Haben sie ihm was mitgebracht? Leider nein.

Er zieht sich mit Kirschsaft und Pfirsichen ins Schlafzimmer zurück und turnt über die Betten seiner Eltern in sein eigenes. Hat leider vergessen, sich einen Becher mitzubringen. Na, macht nichts, plempert er den Saft eben in ein Sandförmchen und trinkt daraus. Nun ist sein Pyjama vorne rot und sein Kopfkissen ist rot und naß. Sieht auch nicht schön aus.

Er legt es darum seiner Mutter aufs Bett und holt sich ihr sauberes.

Pausenlos geht draußen die Türklingel. Ein Gast nach dem anderen kommt, und Daniel kann leider nicht sehen, wer es ist. Manche Stimmen erkennt er.

Eine Frau sagt: »Das ist für Ihren Kleinen, Frau Sedlhuber.« Ein Geschenk für ihn. Aber seine Mutter bringt es ihm nicht. So eine Gemeinheit.

Er hört das Klappen der Küchenschranktür und Gläserklirren und Stimmen und Lachen.

Jetzt kommt der Radau der Erwachsenen aus seinem Kinderzimmer, wo das schöne kalte Buffet steht. Das ist die beste Gelegenheit, sein Mitbringsel aus der Diele zu holen. Er flitzt über die Betten zur Tür hinaus und steht vor einem Mann.

»Ich will bloß mein Geschenk holen«, sagt er zu ihm und grapscht nach dem Päckchen.

»Was ist es denn?« fragt der Mann.

»Weiß nich.« Sie wickeln es gemeinsam aus. Es handelt sich um ein kleines Polizeiauto. Damit gehen beide zu Boden und sausen los. Daniel macht »Hüahüahüa . . .«

Sein Vater hört das Sirenengeheul beim Weinnachschenken. »Wer hat denn – verdammt noch mal – den Knaben rausgelassen?« zischt er seiner Frau zu. Sie geht nachsehen.

Auf der Diele ist niemand mehr. Daniel hat den netten Mann aufgefordert, ins Schlafzimmer mitzukommen. Da habe er noch mehr Polizeiautos.

Ein Gast im Schlafzimmer! Wo sie alles hineingeschmissen haben! Wo es ausschaut wie in einer Räuberhöhle! Der muß ja denken, sie wären Schlampen. (Dabei ahnt sie noch nichts von dem mit Kirschsaft bekleckerten Kissen!) Sie öffnet die Tür und sieht den Chef ihres Mannes quer über den Ehebetten liegen und mit Daniel Funkstreife spielen.

Sie fällt nicht in Ohnmacht, aber beinah!

Als der Chef genug hat vom Polizeiautofahren, schnappt sich Daniel mit seinem herzgewinnenden

Lächeln einen anderen Dummen, der mit ihm spielt. Die Eltern verbieten es, die Gäste sagen: »Aber warum denn, er ist doch so lieb!«

Somit lernen noch mehrere den verwegenen Wohnstil der Sedlhubers in ihrem Intimbereich, sprich Schlafzimmer, kennen.

Um drei Uhr früh ist alles vorbei.

»Du, das schwör ich dir«, sagt Daniels Vater zu Daniels Mutter beim Ausziehen und blickt dabei auf das Kinderbett, in dem sich nun nichts mehr rührt. »Nie wieder Party mit dem da. Das nächste Mal bringen wir ihn vorher zu deinen Eltern.«

»Deinen Chef müssen wir leider noch mal einladen«, sagt sie, ihr Kopfkissen abziehend. »Dann lassen wir die Schlafzimmertür weit offen.«

»Warum?«

»Damit er sieht, wie ordentlich es sonst bei uns ausschaut.«

»Was soll's«, sagt der Vater. »Dann läßt sich Daniel was anderes einfallen, womit er uns blamiert.«

Daniel, Wilhelm, Ernst, Josef, Emmi

Jedesmal, wenn sie die Großeltern besuchten, wurden sie gefragt: »Wann laßt ihr den Buben endlich taufen?«

»Bald«, versicherten seine Eltern.

Darüber wurde Daniel immer älter. Als er beinah vier war, reichte es seiner Großmutter. Sie suchte von sich aus ein hübsches, langes Wochenende im Kalender aus, ein geradezu tauffreudiges Wochenende, und verschickte auch gleich die Einladungen.

Als Taufpaten waren Onkel Josef und ein der Familie seit vielen Jahren verbundenes Fräulein Emmi ausersehen. Für das strenggläubige Fräulein erfüllte sich damit ein Herzenswunsch. Endlich würde ihr kleines Herzerl kein Heide mehr sein.

»Was ist denn Taufe?« erkundigte sich Daniel bei ihr.

»Sie ist das erste und grundlegende Sakrament des Christentums, das die Erbsünde tilgte ...«, und als Fräulein Emmi seinen nichtsbegreifenden Blick auffing, drückte sie sich konkreter aus. »Durch die heilige Taufe wirst du in die Kirche aufgenommen und endlich ein kleiner Christ.«

»Nein!« Daniel wollte kein kleiner Christ werden. Er wollte ein kleiner Sedlhuber bleiben, dammtnochmal.

Sein Großvater meinte, es hätte schon etwas für sich, wenn man die Kinder im Säuglingsalter tauft. Da brauchte man ihnen noch nichts zu erklären. »Sagen wir ihm doch, die Taufe wäre ein Fest wie Geburtstag, das begreift er am ehesten.«

Das begriff Daniel sofort. »Mit Geschenken? Kriege ich ein Rennauto?«

Genau diese Entwicklung zum merkantilen Denken hatte Fräulein Emmi vermeiden wollen. Daniel sollte sich der einmaligen, heiligen Wichtigkeit des Taufaktes bewußt werden und nicht dabei an Rennwagen denken. Also beschloß sie, mit ihm in die Kirche zu gehen, sobald dort eine Taufe stattfinden würde. Damit der Bub wenigstens einen Eindruck erhielt.

Leider kamen sie zu derselben zu spät, weil das klausichere Einparken seines Dreirades zu viel Zeit in Anspruch genommen hatte.

Der Taufakt war bereits vorüber, und der Täufling schrie wie am Spieß.

»Warum brüllt der so?« fragte Daniel. »Tut Taufen etwa weh?«

»Nein, überhaupt nicht, es ist wunderbar. Der Kleine hat sich nur so erschrocken, wie ihn der Pfarrer mit Wasser besprengt hat.«

»Mit warmem oder kaltem?«

»Mit geweihtem«, wand sich Fräulein Emmi heraus.

Nach der Heimkehr von der Kirche taufte Daniel seine Plüschtiere so gründlich, daß seine Großmutter sie anschließend fönen mußte. Dann reisten die Verwandten an. Daniel war inzwischen haarschneiden, hatte neue Schuhe und auch sonst alles neu. Dachte, er wäre nun Hauptperson. Ging statt dessen total in den hektischen Festvorbereitungen unter. Hörte einmal, wie seine Tante Hete fragte: »Wie sind denn eigentlich seine Taufnamen?«

Das interessierte ihn auch.

»Daniel – Wilhelm und Ernst nach seinen Großvätern – und Josef nach seinem Patenonkel.«

»Jetzt wird Fräulein Emmi aber traurig sein«, sagte Daniel.

»Warum?«

»Weil sie ja auch meine Pate ist. Wennschon, dann möchte ich Daniel, Wilhelm, Ernst, Josef, Emmi heißen.«

Am Morgen des großen Tages wollte ihm Fräulein Emmi ihr Taufgeschenk umbinden: ein goldenes Kreuz an einem Kettchen. Er schrie Protest. Wollte kein Halsband mit Schutzengel. War ja schließlich kein Mädchen! Erst als sein Großvater, der gerade beim Rasieren war, mit einem Perlenhalsband seiner Frau auftauchte und sein Vater sich eine Kette auslieh, war er bereit, sich von dem tief gekränkten Fräulein Emmi den Schutzengel umbinden zu lassen.

Statt der versprochenen Feierlichkeit erlebte Daniel Nervosität um sich herum. Keiner hatte an die Taufkerze gedacht. Auf dem Weg zur Kirche mußten seine Eltern wieder umkehren, weil sie die Dokumente vergessen hatten. Pate Josef war die Laune verdorben, weil ihn die Polizei blitzte. Nicht mal auf dem heiligen Taufgang hatte man Ruhe vor denen! Zwei geschiedene Großeltern wollten nicht auf der gleichen Kirchenbank sitzen, aber auch keiner von ihnen in der Reihe dahinter. Onkel Alfons' Krückstock fiel mehrmals hallend um. Seine Frau Hete zischte ihn deshalb an. Alle haben es gehört.

Fräulein Emmi verschluckte sich an ihrer tränenreichen Rührung. Nun hustete sie Rührung. Jemand machte »Pschscht!« Und Daniel, der Täufling, war auch noch da. Vor Angst verstand er kein Wort, was der Pfarrer predigte, weil er ständig an das Taufwasser denken mußte, und wer ihn wohl hinterher fönen würde so wie seine Plüschtiere.

Aber dann waren es nur ein paar Tropfen, die seine Stirn benetzten, und dazu spielte die Orgel was Leises, Feierliches von Haydn.

Auf einmal mußten alle anwesenden Frauen weinen, als ob Schlimmes passiert wäre. Daniel heulte sicherheitshalber mit.

»Ist er nicht goldig, unser Herzerl?« schluchzte Fräulein Emmi. »So klein und schon gerührt.«

Nun war Daniel, Wilhelm, Ernst, Josef, Emmirich Sedlhuber endlich Christ und drängte zur Heimfahrt. Wegen der Bescherung, die man ihm nach dem Taufakt versprochen hatte.

Er hoffte auf Rennautos und Pistolen und auf eine Hupe für sein Dreirad.

Aber was fand er statt dessen auf der Kommode im Wohnzimmer vor? Ein Tischtuch mit Hohlsaum, auf dem sich Blumentöpfe drängelten und Telegramme und dazwischen silberne Löffel, Serviettenringe, Meyers Lexikon von Tante Hete (zu jedem Geburtstag ein Band), ein silbernes Zigarettenetui und Manschettenknöpfe und ein Goldstück, das ihm aus der Hand und unter den Bücherschrank kollerte. Wo waren denn nun die versprochenen Geschenke?

»*Das sind* deine Geschenke, Herzerl!«

»Das sind keine Geschenke«, begehrte er auf, »das sind Löffel, Ringe, Knöpfe und Schachteln . . .«

»Ogott«, sagte Tante Hete, die in Hörweite an ihrem Sektglas drehte.

Sie ging von Stehgruppe zu Sitzgruppe, bis alle Daniels Kommentar zu den Präsenten erfahren hatten.

Nun waren die Geladenen gekränkt. Schließlich

hatten sie tief in die Tasche gegriffen oder zumindest in das Schubfach mit den eigenen Taufgeschenken, aus dem zum Beispiel die Mokkalöffel stammten, wer braucht denn heute noch Mokkalöffel, aber immerhin ein halbes Dutzend und das bei den rapide steigenden Silberpreisen . . .

Einzig die goldene Uhr von den Großeltern interessierte Daniel, die hätte er gern auseinandergenommen, aber die – so wurde ihm mitgeteilt – durfte er erst zu seiner Kommunion anziehen. Oder noch später.

Somit war auch die Uhr für Daniel gestorben. Denn später, wenn er groß war, wollte er eine wasserdichte haben ohne Zifferblatt, mit Computerzahlen.

Für den ganzen unnützen Kram sollte er sich auch noch bedanken, mit Bussis.

Daniel fiel noch rechtzeitig ein, daß er Pipi machen mußte. Er verließ an Fräulein Emmis Hand die Szene und kam so schnell nicht wieder. Man vermißte ihn übrigens nicht.

Die Erwachsenen feierten seine Taufe mit viel Speisen und Getränken, die eine renommierte Stadtküche samt Bedienung geliefert hatte. Weder Pudding noch Eis zum Nachtisch. Aber wer kümmert sich bei einer Taufe schon um die Wünsche des Hauptakteurs –!?

Dieser brrte mit einem schäbigen, kleinen Auto unter der Festtafel zwischen den Verwandtenfüßen, von denen schon mehrere die Schuhe ausgezogen hatten, herum. Umfuhr sorgsam sich räkelnde Zehen – brrtüüü-tüüü . . ., dennoch hätte es beinah einen Zusammenstoß gegeben, und zwar mit einem männlichen Lackschuh, der sich ganz unverhofft an eine rote Sandale heranschob und draufstieg, was dieser nichts auszumachen schien, wohl aber Daniel, denn nun war ihm eine Ausfahrt versperrt.

Oberhalb des Tisches wurde es immer lauter und lustiger. Einmal fragte seine Mutter: »Wo ist denn Daniel?«

»Unterm Tisch«, sagte Fräulein Emmi. Da hoben sie an mehreren Stellen das Tischtuch an und lugten nach ihm: »Spielst du schön, Herzerl?« und hatten ihn schon wieder vergessen. Alles in allem war Daniel reichlich enttäuscht von diesem groß angekündigten Ereignis und würde sich so bald nicht wieder zu einer Taufe überreden lassen.

Anette

Bis es endlich soweit ist ...

24. Dezember, 6 Uhr früh. Anette rüttelt ihre Eltern wach und fragt, ob das Christkind schon da ist. Anettes Vater stöhnt: »Nei-ein.«

»Warum nicht«, fragt Anette.

»Weil das Christkind auch noch ne Stunde schlafen möchte. Darum.«

Kurz vor acht schwärmte die Familie zum Anstehen aus. Der Vater steht beim Fischladen an, die Mutter beim Metzger, Peter beim Bäcker und Anette vor der Tür zum Weihnachtszimmer. Damit sie die Ankunft des Christkinds nicht verpaßt.

8 Uhr 55. Peter holt den Weihnachtsbaum vom Balkon ins Wohnzimmer. Er schneit Nadeln auf den Teppich. Mickrig ist er auch, wer hat sich denn den andrehen lassen? »Es war ein Sonderangebot«, nuschelt der Vater und stülpt den Keller nach dem eisernen Ständer um. Und bellt Vorwürfe retour: »Wieso wird in diesem Haus nie etwas so weggeräumt, daß man es gleich wiederfindet, wenn man es braucht. Kann mir das mal einer sagen!?«

Von 9 Uhr dreißig bis 10 Uhr 14 schnitzt er am Christbaumstamm wie an einem zu groß geratenen Bleistift herum. Dann paßt er endlich ohne Schlagseite in den Ständer.

Es erhebt sich die Frage, ob in diesem Jahr ein stimmungsvoller Baum mit brennenden Kerzen oder ein garantiert brandsicherer mit elektrischer Beleuchtung hergerichtet werden soll. Die Kinder entscheiden sich für einen stimmungsvollen. Zur Sicherheit wird er mit Minimax (Vorkriegsmodell), Feuerpatsche, Sandeimer und gefüllter Gießkanne umzingelt.

Während die Mutter ihn schmückt, stellt sie fest, daß sie nicht genügend Kerzen hat. Peter wird losgeschickt. »Und bring zur Sicherheit noch ein Pfund Butter mit, Junge, hörst du?«

11 Uhr 23. Ein Postauto hält vorm Haus, Anette sieht es vom Fenster aus. Riesenspannung: Bei wem klingelt der Postmann mit dem Paket!?

Bei den Neumanns oben. Ach, wieso denn bei Neumanns? Die haben doch gar keine Kinder. Wozu brauchen alte Leute ein großes Paket?

Bis 11 Uhr 50 ist die Mutter mit dem Aufstellen der Geschenke beschäftigt. Anettes Päckchen (eingewickelt in Vorjahrsschmuckpapier, das noch nicht allzusehr zerknittert ist) kommen auf die Kommode, Peters auf den kleinen Tisch, die Eltern teilen sich das Sofa, und die Großeltern werden auf dem Klavier beschert. Hoffentlich gefällt Oma die Bluse. Sie sagt ja nie, was sie sich wünscht, bloß immer diese falsche Bescheidenheit: Kindchen, ich brauch wirklich nichts. Das einzige, was ich mir wünsche, ist, daß ihr gesund bleibt.«

Ich möchte mal ihr Gesicht sehen, denkt ihre Tochter, wenn sie am Heiligen Abend mit liebevoll eingewickelten Päckchen bei uns eintrifft, und es liegt auf ihrem Gabentisch nichts anderes herum als unsere Gesundheit, mit Peters Schnupfen als Dekoration.

Kann sie nicht sagen: Ich brauche eine Kaffeemaschine und eine Schürze?

Ein Glück wenigstens, daß Schwägerin Hilde mit einer Kollegin aus dem Büro nach Teneriffa geflogen ist. Das ist das schönste Geschenk für die Mutter: Einmal Weihnachten ohne Hilde! Wenn sie bisher anreiste, wünschte sie sich nur ein mageres Süppchen und einen Toast als Festessen, »du weißt doch, Liesl, meine Galle!«

Und dann fraß sie der Familie den halben Karpfen mit Buttersoße und Sahnemeerrettich fort, und anschließend lag sie flach und hatte Koliken. Einmal Weihnachten ohne Notarzt!

Hilde pflegt ihre Geschenke auf ihren weiten Reisen zu kaufen, denn auf Reisen sitzt ihr das Geld lokker, sagt sie. So ist die Familie schon zu imitierten Schrumpfköpfen, bemalten Kokosnüssen, Muscheleulen und lila Mexikanerhüten mit Silberkordel gekommen. – Wohin mit all dem Zeug in ihrer mit gediegenen süddeutschen Bauernmöbeln eingerichteten Wohnung, in der das einzig Exotische bisher ein norddeutsches Biedermeiersofa gewesen war.

Vorige Weihnachten hat der Vater von seiner Schwester Hilde zusätzlich zu einer sehr unanständigen Holzfigur aus Haiti eine von Hilde in den Landesfarben umhäkelte Klorolle erhalten mit der Ermahnung, sie sichtbar vorm Heckfenster seines Autos zu postieren. Nun mag der Vater aber umhäkeltes Toilettenpapier nicht sehr und sieht auch seinen Sinn nicht ein, denn wenn ihn in der Stadt ein unverhofftes Bedürfnis zur Schleunigkeit beflügelt, findet er auch irgendwo ein Klo und auf seinen Fahrten über Land . . .

Allein die Vorstellung, in der Eile die Rolle aus ihrer Häkelei zu fummelen, dann ab damit ins Dickicht, danach die Rolle wieder ins Gehäkelte zurück, und überhaupt ist das bisher mit Kleenex aus dem Handschuhfach so unkompliziert gewesen ...

Bei ihrem letzten Besuch im September fiel es Hilde in den ersten fünf Minuten auf: kein putziges Klorollen-Häkelhütchen vor der Heckscheibe des brüderlichen Wagens, ja, warum denn nicht? Da hatte sie sich soviel Mühe gemacht, allein mit dem gewellten Rand ...

»Ich hab's auf einem Parkplatz vergessen«, bedauerte ihr Bruder.

»Auf welchem?« wollte Hilde wissen.

Ja, du lieber Herr Gesangverein, auf welchem – es fiel ihm auf die Schnelle nur einer »in der Höhe von Murnau« ein.

Hilde bewegte sein Geständnis in ihrem Herzen.

12 Uhr. Anette brüllt gegen das Mittagsläuten des nahen Kirchturms an. Brüllt wie am Spieß. Was ist denn nun schon wieder?

Aus ihrem Schluchzen ist zu vernehmen, daß sie in der Eile gestolpert und gegen die Tischkante geflogen ist. Hier. Sie zeigt wo auf ihrer Stirn. – Messer auflegen, damit keine Beule draus wird. Schokoladenplätzchen auf den Kummer legen, damit er vergeht. Getröstet fragte Anette, wann denn nun endlich das Christkind kommt.

»Bald«, sagt die Mutter.

»Wann ist bald?« fragt Anette.

(Gibt's denn noch nichts Vernünftiges im Fernsehen?)

12 Uhr 47. Türklingeln. Auch das noch. Wer kommt denn nun? Wie das hier aussieht, am besten nicht aufmachen. Ruhig klingeln lassen. Anette sagt, vielleicht

ist es das Christkindl, und schaut aus dem Küchenfenster. Es ist nicht das Christkindl, aber Opa und Oma. Sie haben einen Zug früher genommen als angekündigt und noch nicht zu Mittag gegessen, »aber bitte, bitte, Liesl, mach dir keine Umstände.« Der Vater führt Oma und Opa ins Schlafzimmer, denn ins Wohnzimmer darf keiner mehr vor der Bescherung hinein. Die Oma sagt zu ihrem Schwiegersohn, daß sie ihm was Wertvolles aus dem Familienbesitz mitgebracht hätten. An sich sollte er das mal erben, wenn sie beide tot sind, aber Opa hat auch gesagt: »Mit warmer Hand geben ist schöner als mit kalter.«

Und diese bedeutende Mitteilung fünf Minuten vor Ladenschluß! Der Vater (ohne persönliches Geschenk für sie, überhaupt nicht daran gedacht) schießt auf Hausschuhen zur nächsten Drogerie, schmeißt sich mit Schulter gegen bereits geschlossene Ladentür, bummert mit Fäusten, japst: »Aufmachen! Brauche dringend warmen Dank für Schwiegermutter! Am besten Parfüm – na ja, Kölnisch Wasser tut's auch –«

1 Uhr 15. Die Mutter vermißt Peter mit den Kerzen und der Reservebutter. Wo steckt er denn nur? Er ist schon Stunden fort – der Bub kostet sie noch den letzten Nerv (den allerletzten kostet sie Anette mit ihrer Christkindlfragerei) – außerdem muß sie zu ihren Nachbarn Nonnenmachers, die haben ihre Gans in der Gefriertruhe aufbewahrt.

Die Mutter klingelt also bei Nonnenmachers. Und wer öffnet? Ihr Sohn Peter. Mit einem Teesieb in der Hand, in dem ein Zierfisch zappelt. Sie schreit: »Ich denke, du bist Kerzen holen! Statt dessen siebst du Nonnenmachers Schleierschwänze!«

»Ich war Kerzen holen«, sagt Peter. »Als ich heimkam, hörte ich sie kreischen. Da habe ich geklopft.«

»Was war denn los?«

Sein Gesicht erhellt ein Grinsen: »Ihr Aquarium ist geplatzt!«

»Ja und?« fragt die Mutter.

»Stell dir mal 200 Liter Wasser im Wohnzimmer vor!«

Das kann sie nicht. Muß aber trotzdem lachen – sie hat ja auch kein Aquarium, das am 24. Dezember platzen kann.

Über pitschnasse Auslegware und Teppiche hüpft die Mutter vom Flur zum Wohnraum. Dort trifft sie auf Nonnenmachers in Gummistiefeln, die lachen gar nicht.

Verdorbener Fußboden, verdorbenes Fest und obendrein Kurzschluß. Die Zierfischchen – lauter kostbare Exemplare – schwammen nach dem Malheur unters Sofa, unter die Heizkörper und sogar unter den Weihnachtsbaum, überall dorthin, wo Fische sonst selten hinkommen und auch gar nicht gerne hinwollen. Zwei fehlen noch, die haben sie noch nicht gefunden, und wenn sie sich die ganze Bescherung so besieht, dann möchte sie am liebsten auswandern, jammert Frau Nonnenmacher.

3 Uhr 40 Minuten. Anette fragt zum – ach, das kann man schon nicht mehr zählen –, wann das Christkindl nun endlich kommt. Sie wird von ungeduldigen, nach Heringssalat duftenden Händen winterlich eingepuppt und mit Großvater an die Luft geschickt – »und kommt ja nicht so bald wieder, hört ihr?«

Opa und Anette gehen unter einem Schirm, weil es stürmt und nieselt. Das ist typisch – vor Weihnachten haben sie den schönsten Schnee, und sobald der 24. Dezember naht, setzt Tauwetter ein.

Opa steuert die nächste Wirtschaft an und bestellt einen Grog für sich und eine Cola für Anette. Der Wirt sagt zu Opa: »Eahm schaungs o«, er zeigt auf einen älteren Beamtentyp, der einsam am Tisch sitzt und in einem Notizbuch blättert. »An jeden Weihnachtn spuit er desselbe Spui«, und weil er Opas hilflosem Blick begegnet – er ist gebürtiger Hannoveraner –, bemüht er sich um ein gespreiztes Hochdeutsch. »Also, der Wittler, so heißt er, geht vor jeden Weihnachten durch die Kaufhäuser mit seinem Notizblock und schreibt die Preise für Geschenke für eine vierköpfige Familie auf, dann zählt er sie zusammen und schimpft auf das Erpresserfest, das den Menschen den letzten Groschen aus der Hose zieht und sie auch noch in Schulden stürzt –«

Oh, das kann er verstehen, nickt Opa, er hat selbst drei Kinder und den Waisen von seinem verstorbenen Bruder –

»Sie verstehen eben nicht richtig«, sagt der Wirt, »weil ist der Wittler ein Junggeselle.«

Und das versteht Opa nun wirklich nicht.

»Nämlich ist das so, der Wittler notiert sich Jahr für Jahr aus Freud am Geiz, was er alles spart, indem er *nicht* für eine Familie zu Weihnachten einkaufen muß.«

»Aha«, sagt Opa und schaut zum Wittler hinüber – da hockt er am Heiligen Nachmittag vor einem kleinen abgestandenen Bier und blättert ziellos in seinem Notizbuch. »Also, froh sieht der nicht aus.«

»Nein«, sagt der Wirt, »weil spart sich der Wittler immer mehr zum armen Schwein, wo er doch niemanden zum Ausgeben hat.«

4 Uhr. Zu Hause ist dicke Luft. Der Vater mosert, weil er seinen dunklen Anzug anziehen soll. Mit Krawatte.

»Wozu denn, kommt doch keiner.«

»Und wir?« fragt Oma pikiert. »Sind wir vielleicht gar nichts?« (Oh, wären sie doch lieber zu ihrer Tochter nach Osnabrück gefahren!) Beim Heimkommen findet Anette Engelshaar auf dem Flurteppich. Das Christkindl ist endlich da!

Wie spät ist es? Halb fünf? Ja, dann könnten wir doch langsam anfangen. – »Zündest du die Kerzen an? – »Oma ist schon wieder beleidigt, kannst du mir sagen, warum? – »Ruhe, Anette, gleich ist es soweit!«

»Hast du die Platte mit den Weihnachtsliedern?«
»Aber das ist doch Udo Lindenberg. Müßt ihr die Dinger immer in die falschen Hüllen stecken, ja? In diesem Hause ist nie was an seinem Platz.«

»Nun mecker nicht, ich tu's auch nicht, obgleich ich nicht mehr stehen kann. Meine Füße, also ich bin total geschafft – wo hab' ich denn die Bimmel? – Alles klar? Dann klingel ich jetzt!«

Beim Ton des Glöckchens stolpert Anette, an Opas Hand, blinzelnd vor seliger Befangenheit, ins Weihnachtszimmer. Peter sieht sofort seine neuen Skier.

Oma fängt die ersten Tropfen seelischer Erschütterung mit der Unterlippe auf.

Anettchen singt. »O du fröhliche, gabenbringende Weihnachtszeit«. Der Vater hält eine neue, in den Landesfarben umhäkelte Klorolle in den verdutzten Händen – »als Ersatz für die verlorengegangene«, hat Hilde dazu geschrieben.

Aller Ärger ist vergessen, alle Hetz der letzten Wochen, das Loch auf dem Konto, die schmerzenden Füße, Oma will auch nicht mehr zur anderen Tochter nach Osnabrück.

Vielleicht sollte man Nonnenmachers nach dem Abendessen rüberbitten!? Damit sie mal trockene Füße kriegen...

Weihnachten ist schön, nicht nur für Anette.

»Kommt das Christkind bald wieder?« fragt sie ihre Mutter beim Ausziehen.

»Nächstes Jahr.«

»Wann ist nächstes Jahr?« fragt Anette.

Der Heimweg von der Schule

Die großen Schulkinder tun immer so, als ob ihnen die Straße der Breite nach allein gehört. Die Erstkläßler können zusehen, wie sie an ihnen vorbeikommen.

Anette geht mit drei Mädchen aus ihrer Klasse bis zur ersten großen Kreuzung. Dort biegen ihre Freundinnen nach links ab. Sie selbst muß über den Damm und von nun an allein weitergehen. Nur ein paar Jungs haben den gleichen Weg wie sie – um sich knallende, Mappen schmeißende, Mädchen an den Haaren ziehende, ihnen kitzelnde Hagenbuttenfrüchte in den Kragen stopfende, olle Flennsuse und Arschgeige brüllende Widerlinge, die auch schon einmal Anettes orangene Schülermütze in den Ententeich geworfen haben.

Sie wartet, bis sie sich gegenseitig immer tiefer in den Park hineinstoßen, bis eine tiefhängende Buche ihnen den Blick zurück erschwert. Sie sind so langsam heute.

Anette heftet sich einem vertrauenerweckend aussehenden Erwachsenen an die Fersen. Tritt ihm beinah auf die Hacken, irritiert ihn durch ihr schattenartiges Folgen und antwortet auf sein ungeduldiges »Was willst du denn, Kleine?« mit einem stummverlegenen Wegschauen.

Soll sie dem Fremden sagen, daß sie Schutz bei ihm sucht?

Am Teich verfüttert sie ihr Frühstücksbrot an die

Enten. Das macht Spaß und erspart ihr den Ärger zu Haus, wenn sie das Brot wieder mitbringt.

Sie liebt die wuseligen Entenbabys im Schlepptau ihrer Mutter. Neben ihr steht ein Mann mit seinem kleinen Sohn.

»Komm weiter«, sagt er ungeduldig und zieht ihn fort, »die fressen sowieso die Ratten.«

Anette ist erschrocken. Wie kann er so was sagen!

Gleich hinter dem Park kommt die breite Straße ohne Ampel mit den vielen eiligen Autos und den Motorrädern, die nur ihre knatternde Selbstherrlichkeit im Sinn haben.

Anette wartet eine kleine Pause von rechts und links ab und weht mit hopsender Mappe ans gegenüberliegende, rettende Ufer.

Auf der nächsten Straße ihres Heimwegs gibt es ein viereckiges Pflaster, dessen Ränder sie nie betreten darf, sonst geht ein Wunsch nicht in Erfüllung.

In dieser Straße ist auch eine Tierhandlung mit raufenden, übereinanderpurzelnden Welpen im Fenster. Lauter liebe, schwache, auf Verkauf gezüchtete arme Luder.

Das alte Haus, wo früher die Reinigung und der Schuhmacher drin waren, wird abgerissen. Man sieht die Tapeten in den Zimmern, und vor dem Haus türmen sich zerschlagene Klos und morsche Balken. Diese alten Häuser haben noch grüne Vorgärten mit kleinen, begrenzenden Mäuerchen, über die Anette, auf einem Bein hopsend, balanciert. Wenn sie es ohne abzurutschen schafft, geht noch ein Wunsch in Erfüllung.

Nun biegt sie in die Straße ein, in der sie wohnt. Auf der rechten Seite ist eine neue Siedlung. Auf der linken verkriechen sich Einfamilienhäuser hinter

Fliederhecken und Holzzäunen. In einem davon ist Anette zu Haus. Aber sie geht nicht auf ihrer Seite die Straße hinunter wegen der Schäferhunde, die manchmal am Zaun entlangtoben und sich gebärden, als ob sie einen Mordsappetit auf kleine Schulmädchen hätten.

Anette geht auf der Seite mit den neuen Siedlungen und absolviert dabei eine sehr schwierige Aufgabe: Sie muß zwei Häuserblocks lang die Augen aufhalten, ohne zu blinzeln. Bei Sonne brennen und tränen sie gegen Ende des zweiten Blocks, aber Anette gibt nicht auf.

Wenn sie einen Monat lang diese Strecke ohne Zwischenblinzler schafft, geht vielleicht ihr sehnlichster Wunsch in Erfüllung. Dann zieht ein Mädchen in ihrem Alter in die Siedlung und hat zur gleichen Zeit denselben Schulweg wie sie.

Dann muß sie sich nur noch halb so sehr fürchten.

Anette

Anette findet auf der Straße einen kleinen Stern aus Glanzpapier. Es ist schon jemand über ihn hinweggegangen.

Sie hebt ihn vorsichtig auf und putzt ihn.

Als ihre Mutter nachts das Fenster im Kinderzimmer schließen will, findet sie auf dem Fensterbrett den kleinen Stern und einen Zettel mit mühsamen Buchstaben:

»Engl
Kans du den prauchen?«

Licht aus – Taschenlampe raus

Um halb neun muß Anette ins Bett, und um neun wird das Licht ausgemacht, da hilft kein Handeln. »Ich komme nachschauen«, verspricht die Mutter.

Anette hat ihr Buch schon dort aufgeschlagen, wo die Seite oben ein Eselsohr hat und weiter unten ein Absatz mit einem Fingernageleindruck beginnt. Ihre Augen flitzen sozusagen umgehend an den Lesestart, um vor Einbruch der Müdigkeit noch so viel Spannung wie möglich und das Ende des Kapitels zu erreichen.

Um neun Uhr fünf macht die Mutter einen Kontrollgang zum Kinderzimmer und kehrt dann befriedigt zum Vater zurück, der vor dem Fernseher Bier trinkt.

»Das ist das Fabelhafte an unserem Mädchen. Wenn ich sage, um neun wird das Licht ausgemacht, dann ist das Licht Punkt neun Uhr aus.«

»Auch unter der Bettdecke?« erkundigt er sich.

»Wieso?« Das versteht sie nicht, und das wiederum versteht er nicht.

»Ja, hast du als Kind nie unter der Bettdecke weitergelesen?«

»Ich hab' überhaupt nicht gern gelesen.«

»Das erklärt deine Naivität«, sagt er und sie: »Meinst du wirklich? Ich schau mal nach.«

Tiefe Atemzüge empfangen sie im Kinderzimmer, ebenso tief wie die befohlene Dunkelheit. Sie hebt die Bettdecke an und findet darunter ein zusammengerolltes Kind, das die Augen zukneift, ziemlich dünne Luft, ein Buch und eine Taschenlampe.

»Das hätte ich nicht von dir gedacht«, sagt die Mutter. Anette sagt gar nichts. Sie »schläft« ja.

»Nun?« fragt der Vater, als sie zurückkommt. Sie legt wortlos die Taschenlampe vor ihn hin.

»Na, bitte«, freut er sich, weil er recht hatte.

»Aber damit ist jetzt Schluß!«

»Mit der Taschenlampe vielleicht.«

»Wie meinst du das?«

»Von nun an holt sie sich die Nachttischlampe ins Bett.«

Er grinst.

»Warum grinst du?«

»Meine Schwester ist dabei mal eingeschlafen. Nachher war das Bett angesengt. Haha!«

Die Mutter eilt besorgt zum Kinderzimmer.

»Nun?« fragt der Vater.

»Nichts. Die Lampe steht auf dem Nachttisch.«

»Hast du auch die Birne angefaßt? Nein? Dann tu das mal.«

Als sie diesmal ins Wohnzimmer zurückkommt, bepustet sie ihre Fingerkuppen. So heiß war die Glühbirne.

»Du kennst dich aber aus«, sagt sie zum Vater.

»Mein Bruder ist einmal in ein Lampengeschäft und hat zwei kalte Birnen gekauft. Wenn Gefahr im Verzug war, haben wir die heißen mit einem nassen Waschlappen ausgedreht und die kühlen hinein. Aber auch dahinter sind unsere Eltern gekommen. Sie kamen so leise angeschlichen, daß wir sie oft nicht rechtzeitig hörten.«

»Und da? Habt ihr's da aufgegeben?«

»Aufgegeben?« Dieses Wort beleidigt den Jungen

von damals, der jetzt Vater ist. »Wir haben Zucker auf den Treppenläufer gestreut. Da knirschten ihre Schritte hörbar drauf.«

»Zucker? Der geht doch so schwer wieder raus!« entsetzt sich die Mutter.

»Das war ja gerade das Gute«, sagt der Vater.

Sie reißt von neuem die Kinderzimmertür auf und droht: »Wehe, du streust Zucker auf den Läufer!«

Anette fährt hoch und pliert verständnislos ihre Mutter im hellen Türrahmen an. Diesmal hatte sie wirklich schon geschlafen.

Im Wohnzimmer sitzt der Vater und bereut. Wie kam er eigentlich dazu, sein kleines Mädchen zu verpetzen? Nur um vor der Mutter mit seinen trickreichen Kenntnissen zu protzen? Zur Strafe wird er sich jetzt etwas Neues einfallen lassen, damit Anette nicht mitten im Satz um neun Uhr abends das Licht ausmachen muß.

Anette und ihr Wanderzirkus

Am Dienstag, als es so regnete, brachten Zugmaschinen mehrere buntgestrichene Wagen auf den freien Platz gegenüber dem Haus, in dem Anette wohnt.

»Wird da jetzt auch gebaut?« fragte sie ihre Mutter, aber die meinte: »Das sieht ganz nach Wanderzirkus aus.«

Am Mittwoch kam Anette zu spät zum Mittagessen.

»Ich war drüben. Sie haben viele Ponies und Affen und Lamas und einen kleinen Elefanten . . .«

»Möchte wissen, wovon so ein Wanderzirkus existiert«, sagte der Vater. »Bei den Futterkosten! Jetzt kommt auch noch die Kälte – wie bringen die bloß ihre Tiere über den Winter?«

Anette hörte sorgenvoll zu.

Eine Stunde später wies die Vorratskammer Kahlstellen auf. Keine Äpfel mehr, keine Möhren oder Kartoffeln . . .

»Anette!!!«

Auch keine Anette mehr.

Die traute sich genausowenig nach Hause wie die Kinder aus der Siedlung nebenan. Dafür hatten sie zum erstenmal ein beinahe herzliches Verhältnis mit dem Hausmeister, denn er erlaubte den Ziegen und Ponies, auf dem Rasen vor der Siedlung zu grasen.

Am nächsten Tag vermißte Anettes Mutter den Würfelzucker und das frische und das eingefrorene Brot.

»Anette!!!!«

Nein, dieses Mal war sie es bestimmt nicht. Ehrenwort. Diesmal mußte ein anderes Familienmitglied zugegriffen haben. Man tippte auf Großmutter. Sie ging auf einmal so häufig mit Markttasche spazieren und kannte bereits die Tochter vom Zirkusdirektor. »Eine ordentliche Frau. Bißchen verhärmt, aber stolz auf ihr Familienunternehmen, nun schon in der dritten Generation. Sie sagt, lieber verschuldet bis zum Kragen als ohne Freiheit und ohne Tiere. Wer einmal im Zirkus aufgewachsen ist . . .« Soweit Oma.

Freitag morgen wurde die Arena aufgebaut und das Zelt hochgezogen, denn um zwei Uhr sollte die erste Vorstellung stattfinden.

»Die mit ihren paar lausigen Viechern«, sagte Anettes großer Bruder beim Frühstück. »Wer schaut sich so was schon an, wenn er im Fernsehen internationale Spitzennummern geboten kriegt!«

»Ich schau's mir an!« schrie Anette aufgebracht. »Ich und meine Freunde. Und wer unseren Zirkus mies macht, ist selber mies. So!« Inzwischen war es »ihr« Zirkus geworden, in dem sie jeden Artisten und jedes Tier persönlich kannte und sich für alle verantwortlich fühlte.

Zehn Minuten vor der ersten Vorstellung gab es ein Unwetter. Vor lauter Donnern und Krachen und Pladdern ging die Lautsprechermusik des Zirkus trostlos unter.

Anettes Mutter stand am Fenster und zählte jeden Regenschirm, der noch zur Kasse rannte. Es waren nicht viele.

Aber die wenigen, die trotz Blitz und Wolkenbruch

im Zelt saßen, hatten einen Riesenspaß. Fragen Sie Anette und ihre Großmutter und die Siedlungskinder.

Der Pudel und der Affe waren Kunstreiter, ein Pony zählte bis drei, der kleine Elefant stand auf einem Bein, und der Seiltänzer war Ferdl, der Enkel vom Direktor.

»Aber wir waren nur 35 Zuschauer, ich habe uns gezählt, davon können sie nicht existieren«, sorgte sich Großmutter und rechnete in ihrem Zimmer ihre Rente durch.

Die Abendvorstellung war auch nicht besser besucht.

Jetzt wurde selbst Anettes Mutter nervös.

Verflixter Wanderzirkus.

Wenn sie ihn wenigstens nicht vorm Küchenfenster gehabt hätte. Was man nicht ständig sieht, kann man leichter aus seinem Gewissen verdrängen.

»Anettchen, geh rüber und kauf fünf Karten. Auch wenn wir keine Zeit haben hinzugehen . . .«

Herr Schneider von nebenan karrte sein gemähtes Gras zum Pferdezelt. Durch die Treppenhäuser stieg eine Mieterin mit einer Spendenliste für den Zirkus.

»Das ist ja alles gut und schön«, meinte Anettes Vater. »Aber die brauchen nicht nur Geld, sondern auch Publikum. Wer zeigt schon gerne seine Kunststücke vor leeren Bänken?«

Anette und die Siedlungskinder rissen leere Seiten aus ihren Schulheften und machten Zettelchen daraus:

»Komt in den Zirkuss. Er ist schöner wie fernsehen. Bitte komt!

Ein Kind.«

Die Zettel verteilten sie im ganzen Ort.

Großmutter, ständig mit ihren Gedanken beim kleinen Zirkuszelt, sah einen Rocker auf seinem Motorrad anbrausen und noch einen hinterher. Mit quietschenden Bremsen hielten sie vorm Zelteingang.

»Das'n Ding!« rief sie erregt. »Die Lümmel wollen Krawall machen. Polizei!«

»Ach, die kenn' ich«, sagte Anette, »die bringen jeden Tag altes Brot.«

Samstag war noch ein flauer Besuchstag, aber am Sonntag gab es zu beiden Vorstellungen weit und breit keinen Parkplatz. Das Zirkuszelt war ausverkauft. Selbst der Pastor hatte seine Schafe von der Kanzel aus hineingetrieben. Sogar Anettes Bruder kam mit seiner Clique und fand das Programm gar nicht so übel. Aber das hatte Anette ja gleich gesagt. Das ist kein Wanderzirkus zum Leidtun. Der bietet wirklich was fürs Geld.

Montag früh war dann alles vorbei. Das Zelt wurde abgebaut. Die Trecker schafften es nicht, die bunten Wagen aus den Schlammfurchen zu ziehen. Alle Artisten mußten mit anschieben, es halfen auch ein paar aus der Siedlung mit.

Der kleine Elefant verabschiedete sich mit hellen Trompetenstößen.

Die Traktoren kamen mehrmals am Tag zurück, bis sie alle Wagen abgeholt hatten. Am Abend war nichts mehr vom Zirkus übrig als zertrampelte Erde im Kreis da, wo die Manege gewesen war, ein sehr kleiner Kreis.

»In zehn Jahren gibt's das auch nicht mehr«, sagte Anettes Vater. »So was stirbt doch aus.«

»Im nächsten Jahr kommen sie wieder«, sagte Anette. »Sie haben es versprochen.«

»Wo wollen sie denn hin?« sagte Peter. »Wo noch'n leerer Platz ist, wird er zugebaut. Da drüben auch.«

»Tja, wo wollen sie hin mit all ihren hungrigen Mäulern?!« überlegt Oma, und die Mutter erinnerte sich: »Da ist doch mal einer aus Opas Familie anstatt mit seinem schlechten Schulzeugnis nach Hause vorübergehend zum Wanderzirkus gegangen. War das nicht Opa selber?«

»Nein, das war sein Bruder Hermann. Opa bestieg einen Güterzug zur nächsten Hafenstadt, um sich als Schiffsjunge anheuern zu lassen. Damals dachte noch kein schlechter Schüler aus Furcht vor Strafe an Selbstmord. Damals dachten sie an Auswandern und Wanderzirkus – nicht ans Sterben, bloß ans Wandern . . .« sagt Oma, und eigentlich möchten ihr alle widersprechen, weil sie Oma so gerne widersprechen, weil Oma eine alte Frau ist und nicht modern genug denkt. Aber es fällt keinem ein überzeugendes Gegenargument ein, und darum lassen sie das Thema Wanderzirkus fallen.

Im Grunde genommen sind alle erwachsenen Anwohner froh, den Zirkus loszusein. Er hat eine Woche lang ihr Gewissen belastet wie eine Verantwortung – aber immerhin war es eine gemeinsame gewesen. Sie hatte die Mieter aus ihren Wohnburgen gelockt und durch die gleiche Hilfsbereitschaft geeint. Und durch das Behagen, sein gutes Herz zu demonstrieren, und durch das Wundern über das gute Herz des Nachbarn, dem man solches niemals zugetraut hätte.

Nun lebte wieder jeder eigensüchtig für sich und der Hausmeister im täglichen Streit mit den Kindern.

Post scriptum. Die Verfasserin dieser rührseligen, wahren Geschichte wurde beim Füttern der Zirkustiere von einem Lama heimtückisch und hinterrücks über eine Zwergziege geschubst und ging vor dem verdutzten Pony, das bis drei zählen konnte, unsanft zu Boden, weshalb sie sich noch lange nach Abzug des Wanderzirkus einer Gipshand erfreute.

Liebeskummer mit 12

Er ist bereits achtzehn und geht zum zweitenmal in die zehnte Klasse. Wenn er noch einmal klebenbleibt, wird er von der Schule aus Altersgründen zwangspensioniert. Sie ist zwölf und wäre am liebsten auch schon sechs Jahre älter.

Sein Name ist Manfred Noffke, genannt Mandi, ein dufter Typ, der einen heißen Ofen fährt, worunter ein frisiertes Leichtmotorrad zu verstehen ist. Zusammen mit seinem Freund Pepi Zwicknagel bildet er das Racingteam Noffke & Zwicknagel. Wenn die beiden durch die Straßen knattern, schießen ihre Auspüffe Löcher in den Asphalt.

Seit Anette diesem Manfred zum erstenmal begegnet ist, kann sie an nichts und niemand anderen mehr denken. Hat sich sogar mit seiner Schwester befreundet, um ihm öfter nah zu sein. Liebt bedingungslos alles, was ihm gefällt. Verhaut jede Klassenarbeit, weil sie sich nicht mehr konzentrieren kann. Nur auf Mandi.

Er ist übrigens sehr nett zu Anette. Borgt ihr Platten, überspielt Kassetten für sie und gibt ihr auch mal einen Kuß auf die Wange, wenn er ihr bei seiner Schwester begegnet. Einmal hat er mit Anette auf seinem Feuerstühlchen eine scharfe Kurve um den Block gedreht. Anette, hin- und hergerissen zwischen Angst und Entzücken, klammerte sich dabei von hinten – zweihändig – um seinen Kunstledermagen.

Das war noch vor drei Wochen.

Neuerdings knattert Mandi am Wochenende immer nach Schleißheim.

»Warum?« fragt Anette seine Schwester.

»Er hat dort 'ne Freundin.«

»Mandi? Eine Freundin? Aber er hat doch mich!«

Sie läuft heulend nach Hause.

»Die Anette ist irre in dich verknallt«, sagt Mandis Schwester Montag früh zu ihm.

Mandi: »Ich werd' verrückt! Hat sie wirklich geglaubt, wenn ich mit ihr so'n bißchen rumflachse, ich will was von ihr? Seit wann gebe ich mich mit dem Kindergarten ab.«

Ja, wirklich, was soll Mandi mit einer Zwölfjährigen anfangen, die schon um neun zu Hause sein muß und überhaupt . . . Seine Schleißheimerin ist neunzehn.

Anette hat ihren ersten Liebeskummer. Die ganze Familie leidet darunter. Keiner traut sich, laut zu lachen. Es ist so, als ob im Nebenzimmer der Lieblingsopa aufgebahrt liegt.

Bei Tisch redet sie kein Wort. Nein, sie hat auch keinen Hunger. Nie mehr. (Sie hat Gott sei Dank noch einen Vorrat von Erdnüssen in ihrem Zimmer.) Wenn ein Motorrad am Haus vorüberrattert, läuft sie zum Fenster und schaut todtraurig hinterdrein. Wenn man sie etwas lauter als im Flüsterton anredet, schießen sofort Tränen in ihre Augen. Die Nase ist dick und rot vom ständigen Heulen. Stundenlang telefoniert sie mit ihrer Freundin, nicht mit Mandis Schwester, einer anderen.

Nach einer Woche reicht es ihrem Vater. »Hör endlich auf zu maulen! Wegen so einem Rotzbengel! Ist ja furchtbar. Was können wir dafür . . .«

»O ja!« schluchzt Anette. »Warum bin ich erst zwölf? Und warum muß ich um neun schon zu Hause sein? So krieg' ich nie einen Freund. Niiiie!« Sie läuft heulend davon.

Jetzt wird ihrem Vater bange. Er fährt ihr hinterher. Als sie später gemeinsam zurückkommen, hat Anette eine neue Bluse – aber die ist nur ein kurzer Trost. Abends im Bett dreht der Liebeskummer wieder voll auf.

Die Mutter möchte ihr armes, waidwundes Häschen in die Arme nehmen, spürt jedoch Widerstand. Ist schon dankbar, daß sie auf dem Bettrand sitzen darf. »Als ich so alt war wie du, liebte ich auch einen großen Jungen. Er war nett zu mir wie zu einem jungen Hund. Ich habe damals sehr gelitten.«

»Wie lange?« fragte Anette.

»Bis zum nächsten.«

Den wird es für sie niemals geben, nie, nie, nie, aber ihre Mutter sagt: »Ach, Kindchen, du hast noch soviel Zukunft vor dir, soviel Glück und Enttäuschungen – und wieviel Männer werden einmal deinetwegen leiden . . .«

Nichts hilft. Da fällt ihrer Mutter der Herr Schneider ein. »Stell dir vor – du kennst ja diesen bornierten Miesling – vor 15 Jahren hätte ich mir beinah' seinetwegen das Leben genommen. Damals war er natürlich schöner. Trotzdem. Stell dir vor! Und so wird's dir vielleicht ergehen, wenn du den Mandi einmal wiedersiehst. Du wirst dich an den Kopf fassen und denken: Wegen so einem hab' ich mich damals zerferzelt!«

Mandi zu erwähnen war ein Fehler. Anettes Augen baden gleich wieder. Sie kann und will sich den Mandi der Zukunft auch nicht vorstellen.

Und wenn ihre Mutter sie mit ihren eigenen Erfahrungen zu trösten versucht, so ist das lieb gemeint und ein großes Glück, daß sie jetzt da ist mit ihrer Geduld und ihrem Mitleid, aber Anettes Kummer kann sie trotzdem nicht verstehen, weil jeder seinen eigenen Kummer hat und seine eigenen Erfahrungen machen muß ...

So ist das nun mal. Immer und immer wieder.

Flöhe hüten ist leichter

Wer jemals zum Ferienbeginn auf dem Münchner Hauptbahnhof gegen die halbe Türkei, Jugoslawien und Griechenland inklusive Handgepäck angetreten ist, um sich einen Platz im Orientexpreß zu erobern, der kann sich ungefähr ein Bild davon machen, wie das ist, wenn eine ganze Schule einen Sonderzug entert. Ein Geschubse und Gedränge – über tausend Kinder in allen Größen – totale Verstopfung auf den Gängen, die nur langsam in die Abteile abfließt, dieselben überflutet – fünf Schüler gehen auf eine Bank, schön Backe an Backe, das wärmt – zwei turnen ins Gepäcknetz, aber wehe, es kitzelt einer von unten, dann spucken sie runter.

Aus jedem Abteil plärrt Musik und Gelache, und dazwischen klemmen die Lehrer und werden von Kilometer zu Kilometer mehr Privatmensch, auch solche, von denen das keiner erwartet hätte. Die Klos sind pausenlos besetzt.

Einmal im Jahr unternimmt die ganze Schule so einen Tagesausflug per Bahn in eine andere Stadt. Diesmal ist Salzburg dran. Salzburg ist an Invasionen gewöhnt, das bricht nicht unter tausend Schülern zusammen. Außerdem marschieren dieselben nicht auf einmal ein wie eine politische Demonstration, sondern klassenweise. Bei über tausend Schülern ist es dennoch kein Wunder, wenn um jede Ecke eine schwatzende Horde latscht. Die Buben platschfüßig wie junge Elefanten – die Mädchen schmeißen die

Haare und tun wichtig. Mittags werden sie über mehrere Gasthöfe verteilt – ein echtes Ärgernis für private Gäste. Das macht den Schülern gar nichts aus. Wozu ist ein Schulausflug schließlich gedacht? Als Massengaudi. Die Ermahnungen der Lehrer, doch ruhiger zu sein und mit der Brotkügelchenwerferei aufzuhören, dringen akustisch sowieso nicht durch.

Die Lehrer der oberen Klassen versuchen, ihre Schüler von den Geschäftsauslagen mit den neuesten Skimodellen für den Winter auf die Historie abzulenken. Auf Kunsthistorie. Mozart. Glockenspiel. Blick von Salzburg auf die Burg. Blick von der Burg runter auf Salzburg. (Aber nicht in ein historisches Gebäude hinein. Wenigstens Lehrer R. betritt mit seiner Klasse keines mehr aus Furcht vor möglichem Pantoffelzwang. Voriges Jahr war er doch mit seinem Haufen in einem Schloß. Das war furchtbar – eben wegen der Filzpantoffeln. So ein Schloßparkett ist schließlich keine Schlidderbahn. Und dann die ständige Sorge, einer könnte den anderen ins königliche Porzellan schubsen!)

Die Lehrer der kleineren Schüler sehen vor lauter Flöhehüten wenig von Salzburg. Sie haben alle Blicke voll mit ihren Kindern zu tun. Mit einem verlorenen Portemonnaie und dem Schmerz darüber. Mit Schuhen, die an den Hacken Blasen scheuern, mit den Nachzüglern, mit Streitschlichten und Kopfhalten, weil einem Kind übel ist. Dabei hat es doch nur ein hartes Ei, Brausepulver, Wurstbrot, Cola, Pfefferminz, Suppe, Gulasch, Eis, Kaugummi und eine Banane gegessen. Ein normaler Schulausflugmagen wird spielend damit fertig – mit Gürkchen und Ketchup drauf. Aber in jeder Klasse kommen auch sensible Organe vor.

Die Lehrer der kleineren Klassen müssen nicht nur ihre Flöhe hüten, sondern die durcheinanderhüpfenden Flöhe auch noch zählen – was gar nicht einfach ist. Sie zählen sie vorm Einsteigen in den Zug, im Zug, beim Aussteigen, unterwegs, im Gasthof, wieder auf der Straße, vor dem Lift zum Mönchsberg, nach dem Lift, bei Ankunft auf der Salzburg – sie zählen immer wieder durch und schauen dankbar, wenn die richtige Zahl herauskommt.

Für die junge Klassenlehrerin der 5 b erfüllt sich drei Minuten vor Rückfahrt des Sonderzuges ein Alptraum: Beim Durchzählen fehlen zwei Schüler. *Wo* sind sie und – du lieber Gott, *wer* fehlt?

Einer schaut den andern an, ob er ihn vermißt. Alle vermissen niemanden.

Was nun? Diese Verantwortung! Ausgerechnet ihr muß das passieren, die noch ganz neu an der Schule ist!

Alles noch mal durchzählen! Dabei stellt sich heraus, daß sie sich vorhin verzählt hat: Es fehlen nicht nur zwei, sondern drei Kinder. Die Lehrerin möchte ihr Haupt auf die Gleise legen.

Im allerletzten Augenblick biegen die drei um die Decke. Begreifen gar nicht die Aufregung – wieso denn? Sie haben doch bloß ihre restlichen Schillinge in Mozartkugeln umgesetzt. Auf der Heimfahrt, im Abteil der 11 b, kreisen die Literflaschen mit grünem Veltliner. Der Lehrer ist machtlos. Zwei Weinleichen sind zu beklagen, außerdem ein Anorak in der fünften und einer in der siebten Klasse, mehrere Kopftücher, Geldbeutel, zwei Ausweise, ein blaues Auge, eine kaputtgegangene Liebe, ein silbernes Herz ... und eben das, was man sonst noch auf einem Schulausflug verliert.

Brüder!

Drei kleine blonde, untergehakte Orgelpfeifen vor einer bewachsenen Hauswand – acht, fünf und vier Jahre alt. Karierte Kragenecken über blauen Pullis, Jeans mit Lederflicken auf durchgescheuerten Knien. Darüber ein dreifaches, sonniges Blinzeln in die Kamera, bei leicht zur Seite geneigter, treuherziger Kopfhaltung. Ein Foto von den Brüdern Felix, Fritz und Florian. Was heißt Foto! Eine Demonstration brüderlicher Einigkeit, von der gleich mehrere Abzüge und auch Vergrößerungen gemacht wurden, um all jenen Skeptikern, die an ebendieser Einigkeit Zweifel hegen, zu beweisen: Felix, Fritz und Florian vertragen sich wunderbar – wenigstens eine hundertfünfundzwanzigstel Sekunde lang, wenigstens auf diesem niedlichen Foto.

Felix, der Älteste, ist ihr Anführer, ein viel beschimpftes und dennoch unumstrittenes Idol für Fritz und Florian, der Starke, der Autoritäre, für den sie flitzen müssen. Noch gehorchen sie ihm ohne hörbares Murren. Nur einmal hat Fritz, der Fünfjährige, überlastet von brüderlichen Befehlen, gegen diese zu meutern versucht. Er wird es so bald nicht wieder tun – schon wegen der schmerzhaften Armschraube.

Felix kann sehr brutal sein, wenn Fritz und Florian nicht so spuren, wie er sich das wünscht.

Jeder von ihnen hat sein eigenes Spielzeug, aber keiner respektiert das des anderen.

Schreie wie »Florian hat mein Auto geklaut!« oder

»Meine Flieger! Du hast meine Flieger kaputtgemacht!« gellen vom Aufstehen bis zum Schlafengehen durchs Haus.

Einer will immer gerade das, was der andere hat, auch wenn er das gleiche in Grün besitzt. Aber es ist eben nicht das gleiche. Es gehört dem Bruder, und das macht es so reizvoll. Vor allem, wenn dieser selbst einmal damit spielt. Dann beäugen ihn die beiden anderen, auf den Augenblick lauernd, wo sie zustoßen und es ihm entreißen können. Verliert er allerdings die Lust daran und gibt es freiwillig her, zeigen sich die beiden anderen auch nicht mehr interessiert. Das Spielzeug, eben noch so rasend begehrt, liegt achtlos herum.

Immer ist einer auf den anderen eifersüchtig. Jeder denkt, der andere wird ihm vorgezogen. Florian glaubt fest, daß Felix von den Eltern am meisten geliebt wird, weil er der Große ist. Felix wiederum glaubt, der Kleine sei ihr Liebling. Gemeinsam sind Felix und Florian auf Fritz, den Mittleren, eifersüchtig. Die Eltern beteuern, sie hätten jeden lieb.

Aber den Mittleren doch mehr, beharren Felix und Florian.

Wie kommt ihr denn darauf?

Weil ihr ihn mehr lobt und öfter küßt! Da ist sogar was dran. Fritz ist nämlich der leidgeprüfte Prellbock, von Felix getreten und von Florian gebissen. Von Natur aus gutmütig und friedliebend, benutzt er sein Pufferdasein dazu, ausgleichend auf seine chaotischen Brüder zu wirken. Zudem ist er der einzige, der einen gewissen Ordnungssinn ahnen läßt. Er ist deshalb viel bequemer im Umgang als Felix und Florian. Aber lieber haben ihn die Eltern nicht. Zumindest ihre Herzen nicht – ihre Nerven schon.

Kein Bruder verpetzt den anderen. Nicht nur aus Angst vor schmerzhaften Vergeltungsmaßnahmen. (Armschraube! Wadenbiß! Zertretenes Spielzeug!) Selbst wenn man sie gewaltsam auseinanderreißt und einzeln zum Verhör schleift, sagen sie immer nur den Text der Ausrede auf, den ihnen Felix eingetrichtert hat.

Es ist nicht möglich, mit ihnen Karten zu spielen. Felix *muß* gewinnen, das ist er seinem Prestige schuldig. Fritz und Florian *wollen* gewinnen. Alle drei können aber nicht gleichzeitig gewinnen, selbst beim schärfsten Mogeln nicht – also fallen spätestens nach zehn Minuten zwei mit grausigem Gebrüll übereinander her und wälzen sich ächzend auf dem Boden, haben offensichtlich nichts anderes im Sinn als Brudermord.

Mischt sich ein Außenstehender ein und versucht, die ineinander verknäulten Gliedmaßen der Ringer zu trennen, kann es ihm passieren, daß sich der Dritte an ihn hängt und schreit: »Sie! Lassen Sie meine Brüder in Ruhe!«

»Aber die bringen sich ja um!«

»Na und? Das geht Sie einen feuchten Keks an. Meine Brüder können machen, was sie wollen!« Sie bringen sich natürlich nicht um, sondern lahmen – leicht verbeult, aber einig, einig, einig im Zorn auf den Einmischer in ihre ureigensten Angelegenheiten – vom Kampfplatz. Versteh einer diese Brüder ...

An Muttis Hand ins Discoland

Jetzt geht das mit den Discos los. Loni, ein Mädchen aus Philips Schule, sagt, die wären ganz harmlos.

»Im Grunde nichts anderes, als wenn man auf dem Schulhof das Tageslicht ausknipsen und paar Musikorgeln aufstellen würde.«

Philip fängt meinen sehr ungläubigen Blick auf. »Typisch meine Mutter. Bei Disco denkt sie gleich an Kiffer und Fixer, die ihr Söhnchen verführen könnten.«

»Gehn Sie doch mal selbst hin«, schlägt Loni vor. »Dann sind Sie beruhigt.«

»Ich möchte schon«, sage ich, »aber die lassen meinen reifen Jahrgang gar nicht erst rein.«

»Die sind sogar über jeden Gast froh, der finanzkräftig ausschaut«, versichert sie mir eifrig. »Kommen Sie doch mal mit, aua –!!« und schaut Philip wütend an.

»Philip, du sollst Loni nicht treten!« sage ich.

»Na ja«, sagt er, »›an Muttis Hand ins Discoland‹. Was glaubst du, was die andern mich hinterher verscheißern.«

»Mußt ja nicht mitkommen«, sage ich.

Am nächsten Freitag so gegen zehn holt uns Lonis Freund ab. Hansi ist schon zwanzig und sein Auto eine Rostlaube, die sich durch keinen TÜV mehr schleichen kann. Fahren wir in eine Pfütze, sprudelt es von unten. Aber dieser Schrotthaufen beherbergt eine hochwertige Stereoanlage. Hansi dreht sie voll auf, damit ich rechtzeitig auf Discolautstärke eingetuned werde. »Das ist noch gar nichts«, brüllt Loni in mein Ohr. »Dem Michi ist neulich vor lauter Phon die Windschutzscheibe geplatzt, haha!«

Dieser Jahrgang wird viele Früh-Taube hervorbringen. Selbst das robusteste Ohr hält den Krach auf die Dauer nicht aus.

»Warum muß das eigentlich so laut sein?« frage ich.

»Wie?«

»Warum so laut?«

»Versteh nich –«

»SO LAUT!!!«

»Ja.«

»WARUM??????«

Darauf kann mir keiner eine Antwort geben. Sie empfinden es auch gar nicht als laut, weil sie es nicht anders kennen. Und so dröhnen wir denn als Musikbox auf Rädern ins großstädtische Nachtleben, hören kein Martinshorn, kein gar nichts, was von draußen kommt, Jungejunge –!!

Die erste Disco ist popfarben angestrichen und mit Lichtorgeln bestückt. Pausenlos drischt Musik aus allen Wänden auf die Tanzenden nieder, hört nie auf, weil es ja keine Kapelle gibt, die zwischendurch die Spucke aus den Instrumenten schütteln und ein Bier trinken muß.

Wir klemmen uns an die Bar, ich bestelle Getränke und schau mich um – schau in ein allgemeines Staunen: Was tut die Oma hier!? (Die Senioren in diesem Schuppen sind 23 Jahre alt!)

Hansi trifft Freunde, Philip ist untergetaucht. Ein Knabe mit Knödelstimme macht inzwischen die Loni an. Kurze Unterredung, dann dreht sie ihm den Rükken zu und schnauft: »So ein Idiot! Der hat doch'n Schaden, hat der –!«

»Was war denn?«

»Meine Augen gefallen ihm, meine Schuhe gefallen ihm nicht. Und ob ich Bassermanns Aprikosen in Dosen auch so gut finde.«

Stürmischer Seegang auf der Tanzfläche. Mir fällt ein Mädchen auf, das ganz alleine hübsche Achten aus seinem Rücken schwenkt. Im Grunde tobt sich jeder für sich aus, auch zu zweit. Nur einige Liebespaare treten im Clinch auf der Stelle, werden getreten, gukken sich verschlafen nach den Tretern um. »Mensch, paß doch auf!«

Einmal seh ich Philip in Front eines Mädchens schlackern. Das ist Tina, die öfter zu uns kommt.

»Na?« fragt Loni.

»Mir gefällt's.«

Jugend, der tagsüber jeder Gang zum Mülleimer zuviel ist – hier strampelt sie sich den letzten Japser aus den Lungen – ohne Ermüdungserscheinungen. »Jetzt zeigen wir Ihnen unsere Stammdisco«, sagt Loni, ermuntert durch meinen Beifall.

Das ist ganz woanders. Da muß man viele Treppen runter, unten alles bumvoll und duster, kaum Platz für Platzangst, und wo ist denn bitteschön hier der Notausgang!? Meine Augen gewöhnen sich langsam an die Dunkelheit – ich bemerke fettige Mähnen und zerrauftes Haar, in zerrauftem Zustand mit viel Spray konserviert. Silbersterne und Ringe in Knabenohren, Sicherheitsnadeln in Nasen, dazu lila-grün geschminkte Punkies mit schwarz lackierten Nägeln . . .

»Echt stark, wie?« grinst Philip neben mir. Als

siebzehnjähriger Kreisstädter kriegt er hier viel Spannendes zu sehen. Ich auch.

Ich sehe auch viel, nur ganz anderes als er. Ich sehe durchsichtig dünne Arme, blasse Kindergesichter voller Schatten, ausdruckslos, viel zu dünne Kleidung für die Kälte draußen, und nirgends ein bißchen, wenigstens ein bißchen Fröhlichkeit. So jung und so arm ...

Kann ich dafür, daß ich plötzlich allen Spaß an unserem Ausflug verliere, nur noch in Sorge bin um Kinder, die ich vor Gefahren beschützen möchte, nicht bloß Philip und seine Freunde, die andern auch ...

»Was ist denn?« fragt Loni. Ich kann's ihr nicht erklären, ich habe nur meinen Instinkt, und der bellt Alarm. »Komm, laß uns gehn.«

Die Heimfahrt findet anfangs ohne musikalische Ohrenbetäubung statt und ziemlich schweigsam, bis wir die Stadt verlassen Richtung Autobahn ... Die Schweigsamkeit ist gegen mich gerichtet. Ich fühle mich als Spielverderberin.

»Überall siehst du Gefahren«, schimpft Philip plötzlich los.

»Daran ist die Presse schuld«, sagt Loni. »Ständig steht da was drin über Fixer und Jugendkriminalität. Über uns ganz normal Heranwachsende schreibt ja keiner, weil wir kein interessantes Thema sind, weil eben normal!«

Und zu mir: »Aber überlegen Sie mal: Wie wenige Ausgeflippte gibt es schon im Vergleich zu uns!?«

»Leider immer mehr«, sage ich bekümmert.

»Aber wir doch nicht. Uns kann keiner in was hineinziehen, was wir nicht wollen.«

»Ihr seid noch sehr jung«, sage ich. »Stell dir vor,

Loni, du verliebst dich in einen Fixer. Wie nah ist da die Gefahr, daß du auch . . .«

»Hee –!« grunzt Hansi am Steuer. Er raucht nicht, trinkt bloß Cola und ist Lonis Freund.

»Verzeihung«, sage ich, »es war ja nur theoretisch gemeint.«

Und Philip, dem meine Besorgnis peinlich ist: »O Gott, Mami!«

Hansi dreht wütend sein Stereo so voll auf, daß die rostige Karosserie das Bröseln kriegt. Ich sitze hinter ihm und schau auf seinen vorgebeugten Nacken mit dem Lockengekräusel überm karierten Schal und denke: Werde du mal Vater . . .

Heimkommen

Mit krampfhaft gebeugtem Kopf sitzt der kleine Junge auf dem Kinderpolster des Friseurstuhls.

»Mein Vater kommt heute«, sagt er zu Herrn Gabor, der in seinem Nacken schnipselt. Jedes Wort hat ein glückliches Gewicht.

»Der Herr Papa kommen von Montage«, freut sich Herr Gabor. »No endlich! Waren ja lange in Wüste!«

»Drei Monate«, sagt der Junge und trabt aus der friedlichen Idylle des kleinen Friseurgeschäfts nach Hause, wo die Tollwut ausgebrochen ist.

Bis gestern abend waren die Maler da. Über Nacht hat die Mutter geputzt. Jetzt rennt sie entnervt herum, weiß nicht, wo ihr der Kopf (mit Lockenwicklern) steht. Seine Schwester wischt heulend Scherben auf. Opa bringt die Lampen an, macht Kurzschluß in der Eile. – Ob er die Schlagsahne abgeholt hat?

Auweia, hat er vergessen. Junge, wo hast du bloß deinen Kopf? Los, zieh die neuen Jeans an! Aber trödel nicht! Die Jeans sind zu lang. Oma zwickt sie mit einem Bürohefter – steh endlich still! – auf die richtige Länge, zum Umnähen ist keine Zeit mehr, in einer halben Stunde landet Papi!

Der Vater, zwischen sperrigem Handgepäck klemmend, ahnt nichts von der Hektik, die seine Heimkehr ausgelöst hat. Er freut sich. Er freut sich unheimlich auf seine Familie.

Sein Kollege neben ihm ist plötzlich still geworden, bestellt einen doppelten Whisky bei der Stewardeß.

»Man weiß ja nicht, drei Monate sind eine lange Zeit – kann sich viel zu Hause geändert haben ...«

Drei Monate lang – auf einer Großbaustelle im tiefsten Orient – bestand dieses Zuhause aus fröhlichen Fotos und Briefen und verklärenden Vorstellungen. Nun ist es greifbar nah und ein komischer Druck in der Magengegend, als die Maschine zur Landung ansetzt.

Der kleine Junge sieht seinen Vater hinter dem hochbepackten Kofferkuli:

»Da ist Papi!«

Die Familie umringt ihn – jeder will zuerst begrüßen. Was sind die Kinder gewachsen! – Omas Kuß duftet nach Toska – Opa hustet sein »Herzlich willkommen« um die Zigarre herum. Und dann seine Frau – mein Gott, Nina!

»Du hast ja einen Bart!« lacht sie überrascht, ehe sie ihn umarmt.

Heimkommen ist schön.

Seine Frau fährt den Wagen. Hat überhaupt das Familiensteuer übernommen und nicht die Absicht, es wieder abzugeben. Das spürt er bereits auf der Heimfahrt. Alle reden auf einmal. Gitti hat zwei Milchzähne verloren, sie zeigt ihm, wo. Herbert läßt sich scheiden. Mit Neumanns sind sie total verkracht, aber das erzählen wir dir später ...

Nun ist er endlich zu Hause. Die Kinder bringen ihm ihre neuesten Errungenschaften: Fahrrad, Hamster, Kopfstand, Alle meine Entchen auf der Blockflöte, Zeugnisse und natürlich die beiden Milchzähne.

Der Vater packt seine während der Zwischenlandung erstandenen Mitbringsel aus, da unten gab's ja nichts Gescheites zu kaufen.

Bei seiner Frau stellt sich Enttäuschung ein: Fällt dir denn gar nichts auf?

Nein, was soll ihm auffallen? Er bemerkt weder die neuen Tapeten noch die Empfangsblumen überall, noch Ninas hübsches Kleid. Er sieht nur das Ganze: sein Zuhause. – Und dann fällt ihm doch etwas auf: Peter war haarschneiden.

Nina ist verstimmt. Dafür hat sie sich nun abgerakkert und alles schön gemacht!

Oma ist auch verstimmt: »Habe ich dir extra dein Lieblingsgericht gekocht, jetzt ißt du nichts. Nu iß doch – oder schmeckt's dir etwa nicht?«

»Doch, schmeckt wunderbar, bloß mein Magen«, sagt er entschuldigend, »der ist kaputt von dem Fraß da unten.«

Nach der Wiedersehensfreude drängelt sich Entfremdung zwischen sie – eben diese drei Monate mit all ihren Sorgen, Aufregungen, kleinen Freuden und Alltäglichkeiten, an denen er nicht teilgenommen hat. Er fühlt sich ein bißchen als Gast.

Freunde schauen kurz vorbei, Kollegen rufen an. So vergeht der erste Tag. Die Großeltern verabschieden sich, die Kinder werden ins Bett geschickt.

»Mami soll noch mal kommen«, rufen sie.

Der Vater stellt die Sportnachrichten an und handelt sich einen Vorwurf ein: »Kaum bist du da, guckst du fern!«

»Entschuldige, bitte«, sagt er und dreht den Kasten ab, obgleich es ihn schon interessiert, wie sein Heimatverein gespielt hat. Da unten, wo er auf Montage war, lebten sie wie auf dem Mond.

Nun ist er mit Nina allein. Prost, Liebling!

»Erzähl doch mal«, sagt sie, aber ehe er dazu kommt, packt sie selber aus: All das Unangenehme, wovon sie ihm lieber nichts geschrieben hat, um ihn nicht aufzuregen. Auch von Meyers Nachstellungen berichtet sie. (Dieser schäbige Kerl!) So, nun ist ihr leichter und ihm ein bißchen schwerer ums Herz. Aber der Wein tut gut. Er spült die letzte Entfremdung zwischen ihnen fort. Sie kommen sich näher, sehr nah – wie habe ich dich vermißt! Es war manchmal zum Verrücktwerden ohne dich . . .

Während er im Bad ist, löscht sie die Lichter und räumt auf. Während sie im Bad ist und er im Bett auf sie wartet, kommt ihre kleine Tochter klagend angetappt: Sie hatte so einen furchtbaren Traum! Er will sie trösten, sie fragt: »Wo ist Mami? Ich will bei Mami schlafen.«

Vor drei Monaten war sie noch Papas Tochter. – Und wieso das Kind in ihrem Bett, ausgerechnet in ihrer ersten Nacht?

»Nur bis sie eingeschlafen ist«, verspricht Nina. »Während du fort warst, hat sie oft bei mir geschlafen.«

Während du fort warst . . . tja.

Seine beiden Mädchen tuscheln miteinander, er liegt daneben, gehört noch nicht wieder so recht dazu, wird plötzlich sehr müde – und schläft ein. Ein Glück, daß Heimkommen nicht nur aus dem Ankunftstag besteht.

Achtung, Kind hört mit!

Jede Familie hat ihre eigenen, ganz geheimen Heimlichkeiten, ihre Kräche ab und zu und ihre kleinen Schlampereien – die einen im Charakter, die anderen mehr im Schrank. Und die gehen keinen Außenstehenden was an. Dafür gibt es Türen, die man zusperren und Gardinen, die man vors ganz Geheime ziehen kann. Und wenn es einmal sehr laut in der Familie wird, dann dreht man eben das Radio noch lauter, damit die Nachbarn nicht hören, was sie nicht zu hören brauchen.

Man denkt an alles, nur nicht an die kleinen Ohren in seiner nächsten Umgebung.

Mit diesen kleinen Ohren ist das so eine Sache. Posaunt man Aufforderungen wie »Räum endlich dein Zimmer auf!« oder »Ins Bett mit dir!« in sie hinein, hat man den Eindruck, sie wären durch einen großen Pfropfen schalldicht verstopft. Nicht ein einziges winziges Tönchen rutscht durch sie hindurch.

Wenn man sich aber über etwas unterhält, was sie auf keinen Fall hören sollen, dann sind dieselben kleinen Ohren messerscharf gespitzt. Es entgeht ihnen kein Flüstern, nicht ein Geheimnis. Das bewegen die kleinen Besitzer der kleinen Ohren in ihren kleinen Köpfen und tragen es bei nächster Gelegenheit aus dem Haus und in der Nachbarschaft herum, auch in die Schule und zu denjenigen Personen, über die daheim geredet worden ist. Dabei kommt dann folgendes heraus:

»Wir haben goldenes und silbernes Geld und Geld aus Papier und sogar schwarzes. Habt ihr auch schwarzes Geld?«

Oder: »Wenn wir verreisen, hebt Mutti alles Wertvolle im kaputten Staubsauger im Keller auf. In dem sucht bestimmt keiner.«

»Papa hat heut nacht auf'm Sofa im Wohnzimmer schlafen müssen, weil Mama ihn ausgesperrt hat.«

»Oma war auf Kaffeefahrt und hat sich dabei 'ne elektrische Heizdecke andrehen lassen, die kostet über 200 Mark, die hat Oma aber nich, nu soll mein Vater zahlen, aber der weigert sich. Nu heultse.«

»Der Heini, der bei uns im Laden hilft, der klaut plötzlich. Wollten ihn meine Eltern rausschmeißen, hat er gesagt, dann sagt er, was er alles weiß. Nu kann er bleiben und klaut weiter.«

Oder: »Da war vielleicht ein Ärger mit meiner großen Schwester. Nu fährtse nach Holland, ich glaube, zu 'nem Arzt.«

Die kleinen Menschen plaudern gern, denn auf einmal haben selbst solche Nachbarn, die sonst keine Geduld mit Kindern aufbringen, viel Zeit und Bonbons für sie – nu erzähl doch mal – was du nicht sagst! Hat der Mensch Töne –!? Wer hätte das gedacht – !

Es kann allerdings passieren, daß den ahnungslos heimkommenden kleinen Menschen zur Begrüßung rechts und links was um die Ohren fliegt. Dann brüllen sie wie am Spieß und begreifen gar nichts mehr.

Was haben sie denn Schlimmes gesagt? Nur die Wahrheit, und das sollen sie doch – oder!?

In Holzhausen wird noch geheiratet

Es wäre ein Fehler, zu behaupten, die heutige Jugend lehne die Ehe immer mehr ab und ziehe einen Lebensgefährten in freier Liebe einem Gatten mit Trauschein vor. Die Ehe ist bei der heutigen Jugend noch sehr gefragt, zumindest bei der von Holzhausen. Sie hat nichts anderes im Kopf als Heiraten. Denken Sie jetzt bitte nicht, Landkinder wären ein bißchen altmodisch. Unsere Holzhausener, von denen hier die Rede ist, haben alle Großstädter zu Eltern, die nur wegen der besseren Luft in eine vierstellige Postleitzahl gezogen sind.

Einziges Problem der Ehefreudigen: sie sind sich zwar völlig einig darüber, daß geheiratet wird. Es ist bloß noch nicht heraus, wer wen. Tobias (fünfeinhalb) macht der Gaby (fünfdreiviertel) einen Antrag nach dem anderen. Wie das bei sensiblen, zarten Knaben öfters vorkommt, zieht es ihn zum energischen Vollweib. Gaby ist einen Kopf größer und zweieinhalbmal so schwer wie Tobias. Sie zahlt ihm seine Anträge mit Kraftproben heim, überrollt ihn rücksichtslos, boxt ihn nieder, kratzt Striemen in sein Schmachten – sofern sie ihn erwischt. Tobias' einzige Waffe gegen Gabys brutale Angriffe ist seine Wendigkeit. Ehe die Dicke zuschlagen kann, ist er ihrem Hieb schon unten durch entwischt.

Manchmal verreist sie mit ihren Eltern. Dann dürfen seine von Gaby ausgeteilten Beulen und Kratzer ungestört heilen, dafür geht sein Seelenleben zu

Bruch. Tobias hängt tragisch in der Gegend herum: Was soll er tun, wenn Gaby nicht da ist!? Was???

Gaby brutal braucht zwar den täglichen Nahkampf mit Tobias, aber heiraten wird sie einmal Karli aus Ammerland. Das steht eisern fest – wenigstens für Gaby. Für Karli nicht. Wenn sie manchmal so ein starkes Bedürfnis hat, ihren Anschmachter Tobias zu treten, so geschieht das mit den Hacken einer selbstgetretenen Seele, die einen anderen dafür leiden lassen möchte, daß Karli ihre Anträge verschmäht. Karli will nicht die Dicke, sondern die zierliche Susi heiraten, welche schon in der Wiege vor Wonne wippte, wenn sich ein männliches Wesen zum Killekillemachen über sie beugte. Susi kann sich nicht zwischen Karli und Florian entscheiden, Florian ist einfach Spitze. Er hat nur einen Fehler – er tendiert zum sanften, seelenvollen Typ, und dieser wird im Raume Holzhausen ausgerechnet von Gabys Schwester Nanni verkörpert. Nannis Ehepläne wiederum ranken sich um den sensiblen Nachbarssohn Tobias. Und somit schließt sich der amouröse Ringverein.

Praktisch geht es so rund wie in Schnitzlers »Reigen«, nur nicht so galant. Einer prügelt um den anderen. Wer schon schreiben kann, schiebt seinem Rivalen saugrobe Drohungen unter die Fußmatte. Die Noch-Analphabeten wüten mit dicken Kreuzen auf der Hauswand von Nebenbuhler oder -buhlerin, was besonders deren Eltern erfreut, wenn sich der dafür benutzte Stift als garantiert farbecht erweist.

Rekapitulieren wir noch einmal: Tobias die Gaby, Gaby den Karli, Karli die Susi, Susi den Karli, wenn Florian nicht, Florian die Nanni, Nanni den Tobias.

Nun ist ein Novum eingetreten, ausgelöst von Gaby brutal. Sie hat ihrer Mutter nach reiflichem

Nanni

Überlegen mitgeteilt, daß sie vielleicht doch nicht Karli, sondern Tobias heiraten wird. Ach – und warum?

Weil er näher bei uns wohnt.

Das ist natürlich ein praktisches Argument, das man nicht von der Hand weisen kann. Aber wie werden seine Folgen ausfallen?

Tobias, mehr sensitiv als praktisch veranlagt, kriegt plötzlich eine Dicke präsentiert, die ihn nicht länger tritt, kratzt, niederboxt. Tobias steht plötzlich ohne den Widerstand da, der sein Schmachten anfachte, kriegt keine Haßliebe mehr, nur noch Liebe von Gaby brutal a.D. Gesetzt nun den Fall, dem Tobias wird die Dicke dadurch langweilig und er wendet sich ihrer Schwester Nanni zu, der das Sanfte, Zärtliche viel besser steht, weil angeboren ...

Gesetzt den Fall, das Karussell läuft plötzlich rückwärts, Gaby den Tobias, Tobias die Nanni, Nanni den Florian und so fort ...

Gesetzt den Fall, ja, den auf alle Fälle: Gaby, vergiftet von gekränkter Eitelkeit, weil von ihrem treuesten Anbeter sitzengelassen, schwört ihm und Schwester Nanni massive Rache – man kennt ja ihre Methoden!

Die Eltern beziehungsweise wechselnden Schwiegereltern sehnen den nächsten Herbst herbei, denn im Herbst werden die letzten Kampfhähne eingeschult. Dann treffen sie endlich auf neue Probleme – und neue Kinder.

So kriegt man's heraus

»Du, Klaus, dein Klassenlehrer hat heute angerufen.«

»Der Pöppel? Bei uns?« (Leichtes Erschrecken.)

»Was wollte er denn?«

»Keine Ahnung. Ich war nicht da. Die Omi war dran.«

»Und was hat er gesagt?«

»Daß er mich sprechen möchte. Morgen ruft er wieder an.«

Spürbares Unbehagen. »Was der wohl will –!?«

Das fragt sich seine Mutter auch. »Hast du was angestellt?«

»Ich? Nö – nicht daß ich wüßte.«

»Junge, ehrlich, hast du? Es ist besser, wenn ich vorbereitet bin.«

Gründliches Überlegen. »Tja – an sich nicht mehr als sonst – warte mal – vielleicht wegen der Hilde –«

»Wer ist Hilde?«

»Eine total bescheuerte Kuh aus meiner Klasse. Die verpetzt uns immer. Beißen tut sie auch, das Aas, guck mal, hier –!«

»Das war die Hilde? Ich dachte, das war der Hund. Und warum hat sie gebissen?«

»Wegen der Haare, die ich ihr ausgerissen hab.«

(Bedauernd:) »Es mußte sein. Sie hat dem Pöppel gesteckt, wer in der Klasse geraucht hat –« Er bricht ab und möchte sich ohrfeigen, man sieht es ihm an. »Aber ich hab nur paar Züge gemacht, es schmeckt mir nicht, und deswegen kann der Pöppel auch nicht angerufen haben. Das war ja schon vorige Woche. Es muß was anderes sein.«

»Überleg mal!«

»Tu ich ja die ganze Zeit. –.–.–. Vielleicht wegen dem Juckpulver –? Aber dabei hat mich keiner gesehen . . .«

»Was für Juckpulver, wo?«

»Auf der Klorolle in der Lehrertoilette.«

»Und das hast du gemacht?«

»Ja, du früher nicht?«

Nervöses Fingertrommeln. »Wenn ich bloß wüßte, was der Pöppel von dir will.«

»Wie stehst du eigentlich jetzt in der Schule?«

»Ochnasonaja – durchschnittlich, möchte ich sagen.«

»Hast du kürzlich schlechte Noten gekriegt?«

Zögern. »Außer der Fünf in Mathe . . .«

»Die ist doch schon eine Weile her.«

Sehr schonend: »Nicht *die* fünf, die andere . . .«

»*Noch* eine! Davon hast du mir gar nichts erzählt!«

Sanftes Staunen. »Hab ich nicht? – Aber deshalb ruft der Pöppel nicht an. Wenn ich mies bin, bestellt er dich höchstens in die Sprechstunde.«

»Was könnte es sonst sein?«

Tiefes Bedauern bei hochgezogenen Schultern: »Ich habe leider geschwänzt.«

Da sitzt man ahnungslos zu Haus und glaubt sein Herzchen in der Schule gut untergebracht. Und was tut es? Raucht im Klassenzimmer, skalpiert Hilde, schreibt Fünfen am laufenden Band, bringt Lehrer zum Jucken. Schwänzt.

Klaus schwört, es wäre das erste Mal gewesen.

Aber wenn es nicht das erste Mal war? Wenn er es öfter getan und sich selbst Entschuldigungen geschrieben hat oder vom Besitzer der Eisbude schreiben ließ. Wenn sein Klassenlehrer dahintergekommen ist –!?

Wenn sein Anruf auf etwas Schlimmes vorbereiten soll – zum Beispiel auf einen Rausschmiß?

Die Mutter darf jetzt nicht durchdrehen. Ganz ruhig bleiben und nüchtern denken. Sie denkt: Rechnen wir also mit dem Schlimmsten – wenn Klaus geschaßt wird – wohin dann mit ihm? Das nächste Mathematisch-Naturwissenschaftliche Gymnasium ist weit und umständlich zu erreichen. Was bedeutet, daß wir von jetzt ab schon vor sechs Uhr aufstehen müssen. *Vor Sechs!!!*

Daß der Junge mir *das* antut!

Am nächsten Morgen während der Zehn-Uhr-Pause ruft Klassenlehrer Pöppel wieder an. Sehr höflich – hofft, er störe nicht ... aber nein, Herr Pöppel, ganz und gar nicht. (Nur um meine Nachtruhe haben Sie mich gebracht.)

»Es handelt sich um folgendes –« Räuspern in seiner Stimme, Gummigefühle in mütterlichen Knien, »– und zwar um eine Pistole. Ihr Sohn ...«

»Allmächtiger! Hat er geschossen??«

Befremden in der Leitung. »Geschossen? Wieso? Nicht daß ich wüßte. Er hat uns neulich im Unterricht erzählt, daß Sie eine alte Perkussionspistole besitzen, und da ich mit der elften Klasse gerade ein historisches Theaterstück einübe, wollte ich Sie fragen, ob es vielleicht möglich wäre, daß Sie uns die Pistole – natürlich nur zu den beiden Vorstellungen und unter meiner Aufsicht, selbstverständlich ...«

Die Mutter hört schon nicht mehr zu. Ist so unbeschreiblich erleichtert. Möchte singen, Kerzen stiften und die Pistole nicht bloß leihen, am liebsten der Schule schenken.

Ehe sie das Gespräch beenden, fragt sie Herrn Pöppel, wie sich ihr Klaus denn so im Unterricht macht.

»Na ja«, sagt er, »ein Musterschüler ist er gerade nicht und könnte besser mitarbeiten. Die Konzentration fehlt –. Das macht mir Sorgen.«

Der Mutter auch, aber wenigstens ist schlechte Konzentration kein Charakterfehler.

Bei aller Aufregung hatte der Lehreranruf mit anfangs ungeklärter Ursache ein Gutes: Klaus' Mutter hat endlich einmal Dinge aus dem Schulalltag ihres Sohnes erfahren, die er sonst tunlichst vor ihr zu verschweigen pflegt, um sie »zu schonen«, wie er das nannte.

Norbertl

Er stand an unserem Tisch – fünfjährig, goldlockig und pausbäckig wie ein ausreichend gefütterter Barockengel und trommelte mit allen Fingern auf ein Blechtablett. An Unterhaltung war nicht zu denken.

»Norbertl, laß das«, sagte seine Mutter mehrmals, »das ist nicht zum Aushalten.«

Norbertl trommelte weiter, seine anwesende Oma entschuldigte den Nervtöter nicht ohne Stolz: »Unser kleiner Little Lord macht gerade seine Fingerübungen, weil er doch jetzt Klavier lernt, gell, Norbertle, du bist unser Mozartle.«

Seine zwölfjährige, ihn wie eine lebendige Puppe ummutternde Schwester fügte noch hinzu: »Der hat den Rhythmus schon jetzt im Blut. Das wird mal ein berühmter Schlagzeuger.«

»Nein«, sagte sein Vater, »Norbert wird Juniorchef in unserm Betrieb. Und nu hör auf mit dem Krach.«

Das Getrommel verstärkte sich. Sein Erzeuger handelte unter Zwang: Wie lange halten die Erwachsenen das noch aus?

Wir hielten es nicht.

»Oma«, sagte sein Vater, »ich bitte dich, geh mit ihm das Kätzchen suchen.«

»Er hat nämlich seit gestern ein kleines Katzel«, erzählte Oma und griff nach ihrem Enkel, »der Bub ist ja so tierlieb.«

Norbert riß sich los, er wollte nicht Kätzchen suchen, sondern Erwachsene mit seinem Getrommel sekkieren und zuhören, was sie sich erzählten.

»Nun komm schon mit Oma!«

Zur Antwort trat Norbert gegen ihr Bein. Das hatten die Krampfadern nicht gerne, sein Vater auch nicht.

»Sofort entschuldigst du dich bei Oma!!«

»Nein.«

»Wenn du dich nicht entschuldigst, darfst du nicht mit uns essen«, drohte seine Mutter hilflos.

Norbertle verzichtete gern auf Fisch und Gemüse, er futterte inzwischen die Schokoladenplätzchen, die ihm Oma heimlich zugesteckt hatte.

Zum Nachtisch wurde er sowieso wieder an die Familientafel gerufen, denn »er hat's ja nicht bös gemeint, gell, Norbertle?«, und – in meine Richtung – der Zusatz »Im Grunde ist er so ein weichherziger, sensibler, lieber Bub.«

Norbert hörte selbstgefällig, was er alles Gutes war, und schlagzeugte dabei mit dem Löffel in der Vanillensoße herum.

Nach dem Essen mußten seine Eltern in den Betrieb, Oma hätte sich gern aufs Ohr gelegt, konnte aber nicht, weil Norbertl sich strikt weigerte, Mittagsschlaf zu halten. Somit nickerte sie in einem Korbstuhl, das Kinn auf der Bluse, kleine Puster ausstoßend.

Norbertl nutzte ihre geistige Abwesenheit. Er ließ die kleine Katze rotieren, indem er sie am Schwanz immer um sich herumschleuderte, bis es ihr gelang, sich in seine Hand zu krallen. Da schmiß er sie vor Schmerz und Zorn gegen die Wand.

Die Katze flüchtete, er rannte ihr nach, rannte aus Versehen in meine ausgebreitete Empörung hinein.

»Laß mich los! Ich bring sie um! So'n Aas! Du sollst mich loslassen!!«

Ich hielt ihn fest. Da hat er mich in die Hand gebissen. Biß nicht nur meine Hand, sondern auch meine Wut. Ich hörte mich plötzlich Sachen brüllen, Sachen –! Daß er Prügel haben müßte – acht Tage sollte er hinterher nicht auf seinem verwöhnten Hintern sitzen können. Am ausgestreckten Arm wollte ich ihn aus dem Fenster halten und zappeln lassen, bis er hoch und heilig versprach, nie mehr Omas und Tiere zu quälen.

Bei dieser Drohung hatte er sich auf den Boden geworfen, umklammerte meine Beine und versuchte, in meine Waden zu beißen.

Da drohte ich ihm mit Einsperren in einem finsteren Loch bei Wasser und Brot und Ratten und Schlangen.

Als ich ihn gerade als Austausch gegen ein frierendes, hungerndes tibetisches Flüchtlingskind ins nordindische Ladakh verschicken wollte, kam seine Oma angestürzt und nahm ihren verstörten »kleinen Little Lord« in die Arme.

»Die Frau soll gehen, die soll niiie wiederkommen«, heulte Norbert und hob anklagend seine Hand mit dem blutigen Kratzer: »Die böse Katze soll auch weg!«

Auf der vorzeitigen Heimfahrt ersoff mein Zorn in Reue. Ausgerechnet ich, die im Zweifelsfall immer auf seiten der Kinder steht, zum besseren Verständnis der Kinder seit Jahren Geschichten für ihre Eltern schreibt, unterhaltsam verpackt, damit sie mein Anliegen besser schlucken – ausgerechnet ich hatte dem Norbertl das Gruseln beigebracht. Ich kam mir vor wie finsteres Mittelalter. Denn was konnte schließlich der Junge dafür, daß seine Familie ihn, ihren Nachkömmling, »Stammhalter«, »Kronprinz«, »kleinen Little Lord«, »Wunderkind Mozartle« und späteren »Juniorchef« mit ihrer kritiklosen Vergötterung und Verwöhnung zum Tyrannen erzog, mit dem andere Kinder nicht gerne spielten, weil er immer die Hauptperson sein und bestimmen mußte – kurz, daß sie ihn um den Spaß brachten, als ganz normaler kleiner Junge aufzuwachsen.

Noch am selben Abend habe ich seinen Eltern am Telefon meine Meinung gesagt. Sie ließen nie mehr von sich hören.

Norbertl treffe ich manchmal mit Oma auf der Straße. Oma guckt weg, und Norbertl entblößt die Milchzähne und knurrt, wenn er mich sieht.

Wie uralt bist du schon?

Was Karlchen macht, das macht er gründlich. Er lernt gründlich, prügelt beklemmend gründlich seine Widersacher durch. Wenn er einmal krank wird, dann gründlich . . .

Und vor allem seine Fragerei!

Alles muß er ganz genau erforschen. Solange sich sein Wissensdurst bildungsfördernd niederschlägt, ist nichts gegen ihn einzuwenden. Es gibt jedoch Grenzfälle – ich denke dabei an sein geradezu nervtötend gründliches Interesse am Alter seiner Mitmenschen.

Ausgelöst wurde es von Fräulein Prusker, seiner Klassenlehrerin, die Deutsch und Rechnen gibt.

»Ich frage euch: Wenn wir das Jahr 1980 haben und Rolfi ist neun Jahre alt, in welchem Jahr wurde er dann geboren?«

Die Kinder rechnen, bis auf drei haben es alle richtig heraus, auch Karlchen.

Nächste Aufgabe: »Bettina ist 17 Jahre alt. Wann wurde sie geboren?«

Und so fort, bis Karlchen sich meldet und fragt, ob er auch eine Aufgabe stellen dürfte.

»Natürlich, Karlchen«, freut sich Fräulein Prusker über seine intensive Mitarbeit.

Karlchen fragt: »Wie alt sind Sie?«

»Vierunddreißig«, gibt sie ungern zu, und daraus wird die sehr schwere Aufgabe: Fräulein Prusker ist 1980 vierunddreißig Jahre alt. Wann ist sie dann geboren?

Auf dem Heimweg von der Schule kommt Karlchen eine Überlegung, die nichts mit Schulrechnen zu tun hat: Ist vierunddreißig nun noch jung oder schon alt!?

Bei Fräulein Prusker ist es schwierig, sich ein Alter vorzustellen – überhaupt sich vorzustellen, daß sie mal ein Kind war.

Zufällig trifft er Tante Schulzen, die Hausschneiderin, auf seinem Heimweg. Sie steigt gerade aus dem Bus, als er vorübertrödelt.

»Tante Schulzen, unsere Lehrerin ist 34. Ist das schon alt?«

»Das kommt darauf an, ob sie verheiratet ist, Jungchen«, sagt Tante Schulzen. »Wenn nicht, dann ja.«

»Und wenn ja?«

»Dann nicht. Dann ist sie noch eine junge Frau wie deine Mutter und kein spätes Mädchen wie deine Tante Lilly.«

»Lilly ist nicht spät«, nimmt Karlchen seine Patentante in Schutz. »Lilly ist immer pünktlich, und sie will auch gar nicht heiraten. Wie alt ist Lilly?«

»Siebenunddreißig im Juni, einen Tag nach deinem Vater hat sie Geburtstag. Er wird ja dieses Jahr fünfundvierzig.«

»Woher weißt du das alles, Tante Schulzen?«

»Ich näh doch seit zwanzig Jahren in eurer Familie. Schon bei deiner Oma hab ich genäht.«

»Ach. Und wie alt bist du?«

Diese Frage ist ihr offensichtlich nicht angenehm. Sie windet sich. »Tht ... so was fragt man eine ältere Frau nicht.«

»Warum nicht?«

»Weil – na, weil das Zugeben von ihrem Jahrgang sie älter macht, als sie sich fühlt.«

Das versteht Karlchen nicht.

Sie gehen schweigend nebeneinander bis zu der Kreuzung, wo sich ihre Wege trennen.

»Tante Schulzen«, fragt Karlchen zum Abschied, »wie alt warst du eigentlich, als du angefangen hast, bei Oma zu nähen?«

»Na, so vierzig«, sagt sie und geht.

Karlchen rechnet: Vierzig war sie, wie sie bei Oma anfing, das ist zwanzig Jahre her – vierzig und zwanzig ist sechzig, also ist Tante Schulzen sechzig Jahre alt. Nun weiß er's.

Abends, beim Baden, erzählt er seiner Mutter:

»Frau Knüppel ist fünfunddreißig, ich hab sie gefragt.«

Seine Mutter, die ihre Nachbarin Knüppel nicht leiden kann, lacht schadenfroh: »Das *möchte* sie gern sein.«

»??????«

»Die Knüppel ist bestimmt an die Fünfzig.«

»Und warum mogelt sie dann?«

»Weil sie glaubt, dadurch reizvoller auf Männer zu wirken.«

Karlchen leuchtet das nicht ein. »Wenn einer mies ist, ist er immer mies, egal wie alt.«

Innerhalb einer Woche kennt er von jedem aus der Verwandtschaft und Umgebung das Alter, das wahre oder das gemogelte.

Oma Leipzig zum Beispiel ist 59, Oma Weilheim 63, Opa Garmisch, von Oma Weilheim geschieden, 58.

63 weniger 58 macht – na, macht Oma auf alle Fälle älter als Opa. Das wundert ihn. Sonst sind Männer immer älter als Frauen.

»Warum sind Männer meistens älter als ihre Frauen?« fragt er seine Patin Lilly.

»Weil Männer lieber junge Frauen haben als alte. Weil Falten einen Mann interessant machen, eine Frau aber runzlig. Weil Männer alt und fett und kahl werden dürfen, Frauen dagegen nimmt man es übel«, regt sich Lilly auf. »Was nützt einem da die ganze Gleichberechtigung!«

Karlchen ahnt, dieses Problem ist nicht rechnerisch zu lösen. Und überhaupt scheint das Alter eine wichtigere Rolle zu spielen, als er gedacht hätte.

Die einen mogeln sich älter, damit sie ins Kino für Erwachsene dürfen, die andern mogeln sich jünger, damit man sie nicht zum alten Eisen tut. Manche tun, als ob Altwerden eine Schande ist. Ja, wären sie statt dessen lieber jung gestorben? Was hätten sie denn dann von ihrem Leben gehabt!?

»Du bist doch schon uralt?« fragt er seine Uromi, die er einmal im Monat besucht.

»Fünfundachtzig«, sagt sie heiter.

Ja, das weiß er, denn seine Geschwister haben schon zweimal wegen ihrem fünfundachtzigsten die Schule geschwänzt (allerdings bei verschiedenen Lehrern).

Trotzdem spürt er Besorgnis in sich. Denn irgendwann ist auch mit dem Älterwerden Schluß. Am liebsten würde er seine Uromi jünger machen, denn er hat sie lieb und möchte sie noch lange behalten. »Vielleicht solltest du dich mehr schonen«, rät er ihr.

Nachdem es ihm gelungen ist, sich mit seiner Altersfragerei weitgehend unbeliebt zu machen, wendet Karlchen seine Gründlichkeit einem neuen Thema zu: Er hat beiläufig ein Gespräch zwischen seiner Mutter und Oma Weilheim angehört. Es ging um ein Oberstück aus lauter falschen Zähnen.

Nun geht Karlchen herum und fragt jeden Erwachsenen, der ihm bekannt ist ...

Max und Auguste

In diesem Jahr war schon viel los bei ihnen. Zuerst hatte sein Vater zwei Finger in der Autotür, dann wurde seiner Oma die Galle herausgenommen. Onkel Heinz verlor seine Stellung. Und ausgerechnet in der Nacht, in der Max die schlimmsten Zahnweh seines ganzen Lebens hatte, mußte seine Mutter ihr Baby kriegen.

Keiner kümmerte sich gebührend um sein Zahnweh, nur alle um das neue Baby.

Und dann begann das mit Auguste.

Auguste ist sein Hund. Sie baute auf einmal Nester und kriegte Milch am Bauch und war ganz blöd im Kopf, und alle sagten, schaut euch die hysterische Auguste an. Max war der einzige, der ihre eingebildete Schwangerschaft ernst nahm. Nun gerade. Um das Baby hatten sie sich ja auch wie verrückt.

Als Auguste eine Einbildung nach der anderen kriegte und ihr Fell ausging, so daß sie aussah, als ob sie die Motten hätte, fuhren Max und seine Mutter mit ihr zum Tierarzt. Der Doktor sagte, Augustens Hormonhaushalt wäre total durcheinander. Max sagte, ihr Haushalt daheim auch, seitdem sie das Baby hätten.

Auguste kriegte Spritzen. Es half nichts. Auf dem Rücken hatte sie schon einen richtigen Kahlschlag. Da ist Max wieder mit ihr zum Tierarzt. Während er sie untersuchte, zitterte Auguste vor Angst, als ob sie einen Vibrator verschluckt hätte. Der Arzt sagte, es

gäbe nur zwei Möglichkeiten, um Auguste gesund zu machen: Entweder man ließe sie decken oder eine Totaloperation.

Max ließ sich beide Möglichkeiten genau erklären, dann fuhr er heim.

Auguste trabte neben seinem Fahrrad her, und er malte sich aus, wie schön das erst sein würde, wenn ihre Kinder auch neben dem Rad herlaufen würden.

»Der Tierarzt hat gesagt, sie muß unbedingt gedeckt werden«, erzählte er zu Hause. Seine Mutter schlug die Hände überm Kopf zusammen: ein Baby *und* junge Hunde, Gottes willen!

Das habe er sich schon gedacht, sagte Max. Seine Eltern durften ein Baby haben, er – Max – durfte Augustes Babys nicht.

Seine Mutter sagte, sie habe ja nur eins, aber bei Auguste bestände die Möglichkeit auf ein halbes Dutzend und mehr und »... dann sind die so niedlich, daß du eins behalten möchtest, und zwei Hunde sind zuviel.«

Auguste wurde operiert. Gebärmutter, Eierstöcke, alles ratzekahl raus.

Max ging nicht mit, als sie in die Tierklinik gebracht wurde. Sie sollte nicht denken, er sei mit schuld an dem Massaker. Aber er holte sie ab. Aus seiner wilden, lustigen Auguste hatten sie ein elendes, klappriges Hündchen gemacht. Ein ausgenommenes Hündchen. Wieder zusammengenäht wie ein Sofakissen.

Er verbrachte jede freie Minute an ihrem Krankenbett. Las ihr aus Asterix vor und aus der Zeitung. Er las ihr vor, wie viele tausend Hunde im vergangenen Sommer von ihren Besitzern ausgesetzt worden waren, weil sie in den Ferien störten. In Schließfächern eingeschlossen, im Wald angebunden, einfach aus dem fahrenden Auto geworfen.

»Weißt du, Auguste«, sagte Max, »vielleicht ist es doch ganz gut, daß wir keine Jungen haben können. Kommen sie wenigstens nicht in böse Hände.«

Er trug sie zum Gassigehen und fuhr sie in einem ausgepolsterten Pappkarton zum Tierarzt. Er war immer sofort da, wenn sie ihn rief. Nach acht Tagen begann die heilende Wunde zu jucken. Da ließ er Auguste keinen Augenblick mehr allein. Seine Oma sagte neidisch: »Als ich an der Galle operiert worden bin, hast du dich nicht um mich gekümmert.«

»Wozu denn«, sagte Max, »du wolltest dir ja auch nicht den Bauch aufbeißen.«

Augustes Wunde heilte rasch. War bald nur noch ein roter Strich auf ihrem kahlrasierten Bauch. Sie brauchte keinen Krankenpfleger mehr. Sie durfte wieder laufen, soviel sie wollte.

Aber Auguste wollte nicht laufen, sondern getragen und gefahren werden. Bedauert, gestreichelt, verwöhnt. Sie parierte nicht mehr, sie klaute, sie stellte ganz Unmögliches an, um sich die schöne Beachtung wieder zu verschaffen, die ihre Wundschmerzen so versüßt hatte. Selbst Max gab zu, daß sich Auguste schon sehr komisch benahm. »Wie du«, sagte seine Oma, »genau wie du, als das Baby kam und du nicht mehr der Mittelpunkt der Familie warst.«

Max stritt das natürlich heftig ab. Er hatte sich nicht komisch benommen, bloß die anderen.

Aber er dachte dennoch darüber nach.

Inzwischen kommt es immer öfter vor, daß er »das Baby seiner Eltern« als seine kleine Schwester bezeichnet. Und auch Auguste benimmt sich wieder normal.